1979
金塊を追え！

～弁護士青空太陽の事件簿～

堀川 日出輝

文芸社

目次『1979金塊を追え！』

はしがき

著者は現在79歳であり、現役の弁護士として約50年間休みなく活動し現在に至っている。趣味はボクシングのトレーニングとゴルフであるが、両方とも両腕を使うスポーツであるにも拘らず、何故かゴルフは何度やってもスコアは口に出すのは憚るぐらい、最悪である。

しかし中学1年生から今日に至るまで66年来の親友が、月3度の割合で嫌な顔ひとつせずに誘ってくれるので、共通のメンバーコースで楽しくプレイしている。

著者は子供の頃から格闘技が好きで、小学校1年から柔道、相撲をやり、中学3年では、フライ級チャンピオンを夢見て、両国駅前の田島病院内に開設されていたボクシングジムに通う毎日であった。

ところが高校2年の終わりに、練習のし過ぎで突然の左ひじの激痛、腕の変形に見舞われ、ボクシングを断念せざるを得なくなった。今で言う靭帯損傷である。

ボクシングに全てを賭けていた私の失意を知ったクラス担任の伊藤勇先生から「ボクシングだけが人生ではない。おまえは正義感が強く、弱い人の立場に立てる人間と思われるので、司法試験を受けて弁護士になれ。弁護士になって弁護士志望だった俺の夢を実現してくれ。おまえの性格は日大法学部がぴったりだ」と励まされ、その言葉を信じて弁護士を志すに至った。

現在、そのお陰もあって弁護士生活約50年となり、その間一般民事、会社事件、刑事その他数多くの事件を手がけてきた。

その中でも特に印象に残る事件が著者に限らず、弁護士には何件もあると言ってもよい。著者は昭和54（1979）年、まだ弁護士8年目になった頃の、思い出に残る金《きん》をめぐる事件をもとにして、この小説を執筆することにした。

1979 金塊を追え！

著者は丁度この事件と同じ頃に、よど号ハイジャック事件の共犯や、黒い霧事件として知られた共和製糖事件の議員の収賄事件弁護団の刑事弁護人として多忙を極めていた頃でもあった。

この物語はそのような最中、著者の依頼者と共に金《きん》の取引会社を相手取り文字通り金塊を追って仮差押えを駆使し約18日間にわたり、苦闘を繰り広げた実話をもとにした民事事件である。日大校歌に「正義と自由の旗標《きひょう》のもとに」という一節があるが、そんな「日大健児」の精神を貫いていなかったら、解決できなかった事件だと思う。

全文にわたってドキュメンタリータッチで書かれているが、登場人物や団体名は実在しない。

また、内容についても一部脚色したところもあるので、読者はそのつもりでお読みいただきたい。なお文中には法律上の専門用語も出てくるが、なるべく分かり易いように文章化したつもりである。

堀川　日出輝

1979 金塊を追え！

日大一中時代の私。フライ級チャンピオンを夢見て、ボクシングジムに通う日々を過ごしていた

70歳を過ぎた今は、趣味としてボクシングジムでトレーニングを重ねている

市民祭りでミット打ちを披露する私。深川の出なので、今でもお祭りが大好きだ

感謝状

堀川日出輝殿

貴殿は市民に身近な司法の実現を
目指して日本弁護士連合会が推進した
「司法改革百万人署名」運動について
本会会員として献身的な努力をされ
二百五十万人に及ぶ署名獲得に多大の
貢献をされました
よって本会は貴殿の功績に対し
深甚なる感謝の意を表します

平成十二年十月十二日

東京弁護士会
会長 平山正剛

東京弁護士会から授与された「司法改革百万人署名運動」の感謝状（平成12年）

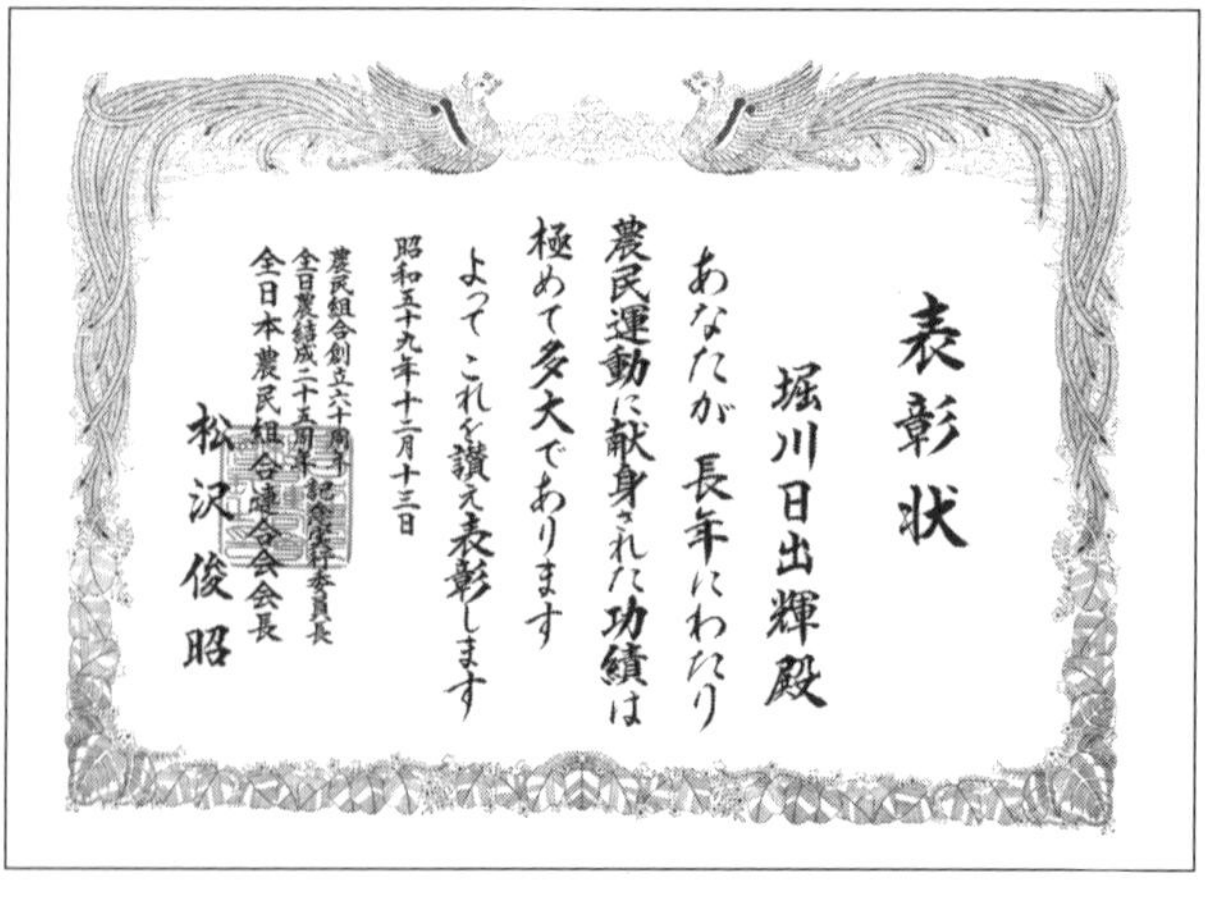
表彰状

堀川日出輝殿

あなたが 長年にわたり
農民運動に献身された功績は
極めて多大であります
よって これを讃え表彰します

昭和五十九年十二月十三日

農民組合創立六十周年
全日農結成二十五周年 記念式典実行委員長
全日本農民組合連合会会長
松沢俊昭

全日本農民組合連合会から授与された「農民運動献身」の表彰状（昭和59年）

第1章

青空太陽は、東京の新宿御苑前に法律事務所を昭和46年に開設して8年目となり、37歳を迎えた。

事務所は新宿御苑に面したビルの9階にあり、大きな窓ガラスを通して外周3・5キロメートルの広大な緑の庭園を一望することが出来る。

一世紀以上の歴史を誇る新宿御苑で四季折々に繰り返される満開の桜、夏の緑濃い木立の間から見られる神宮外苑の花火、銀杏並木の落ち葉の黄色い絨毯、見渡す限りの真っ白な雪景色など、一年を通して美しい景色を見ることが出来る事務所は、太陽に精神的な癒しをもたらし、十分満足出来るものであった。

この事件は、昭和54（1979）年11月12日月曜日、安倍平蔵から事務所にかかってきた一本の電話から始まった。

経済新聞の「ヒット商品番付」にまだ「カラーテレビ」がランクインしていたような時代で、7年後に始まる「バブル景気」の〝夜明け前〟の頃である。

弁護士稼業も8年目となった太陽はその頃多数の事件を抱えており、依頼者との打ち合わせ等のために、土日の休みも返上して忙しく働いていた。

そのような最中の平蔵からの1本の電話であった。

「太ちゃん、俺だけど……」

平蔵の声はいつになく緊張していた。

「実は金《きん》の取引で大変なことになってしまったので、至急相談に乗ってくれないか……」

太陽と平蔵は、同じ小学校に通った。中学・高校も同じ日本大学の付属校で、大学も共に日本大学法学部に進んだ仲であった。

日本大学第一中学・高校の校風はバンカラで、二人にピッタリであった。スポーツも中学・高校を通して共に柔道とボクシングをやってきた仲間であり、「平ちゃん」「太ちゃん」と幼い頃から呼び合う無二の親友だった。

太陽は弁護士になってから今日まで、3件ほど平蔵から投資がらみのトラブルで法律上の相談を受けたことがあった。

いずれも訴訟にまで発展したが、全て平蔵の〝勝訴〟であった。

今回も相変わらずの投資上のトラブルのようであったが、平蔵の切羽詰まった声は、今までとはかなり様子が違っていた。

「分かった。それでは詳しい話を聞きたいので、事務所に来てもらうことになるけど、いつにする？」

そう言いながら太陽が予定表をめくったとき、

「今からじゃ無理かな？」

平蔵のかなり焦っている様子が電話越しに伝わってきた。

「そんなに急いでいるの？」

「うん、何だかヤバいことになりそうなんだ……」

太陽の実家は東京都江東区深川の富岡（深川）八幡宮の前にあった。隣町の門前仲町が平蔵の地元で、安倍家は代々割烹料理屋を営んでいた。深川不動尊（不動堂）の仲見世商店街にあるその料理屋は、平蔵夫婦、平蔵の両親、2人の弟の6人家族と数名の従業員で切り盛りしており、今では五代目の平蔵が経営を任されていた。

家業も繁盛し、経済的に恵まれていた平蔵は、これまで生活に困るようなことはなく、日々平穏な生活を送っていた。

最初の電話から1時間もしないうちに、申し訳なさそうな顔をして平蔵が事務所にやって来た。

すっかり日も暮れて、窓の外は夜の闇に包まれていた。

平蔵の巻き込まれたトラブルとは、およそ次のようなものであった。

店が休みだったその日、自宅でくつろいでいた平蔵は、名古屋に本社があるという〈インペリアルゴールド〉という会社の外務員の訪問を受ける。

人見金八と名乗るまだ若いその男は、素朴であまり風采の上がらない人物だった。

昭和54年5月初旬のことである。

突然自宅にやって来た人見は、持参して来た金《きん》のパンフレットや新聞記事の切り抜きコピー、金《きん》相場のグラフなどを平蔵に示し、

「石油などの値段が上がっておりますし、純金もどんどん値上がりしています。今がチャンスです。ひとつ金《きん》を買ってみませんか……」

そう熱心に、純金取引を勧めてきたのである。

前年の昭和53年4月に施行された「金《きん》輸出自由化」により、ちょうど金《きん》が投資の対象として広く認識され始めた頃だった。

金《きん》の値段が世界中で上昇していることを新聞などで薄々知っていた平蔵は、とりあえず人見の説明を聞くことにした。

人見の説明によると、インペリアルゴールドは金《きん》の取引を専門に取り扱っている会社だという。

そのシステムは次のようなものだった。

客から金《きん》売買の委託を受けると、インペリアルゴールドはアメリカのニューヨーク州に設立した現地法人にファックスで注文書を送信する。

これを受けた現地法人は、直ちに「コメックス（COMEX／ニューヨーク商品取引所）」市場で、客から委託された純金の売買を行う。

売買取引は、客から買付《かいつけ》又は売付《うりつけ》を委託された当日か、遅くとも翌日の引け値（終わり値）の価格で成立するのが通常となっている。

取引の単位は、純金3キログラムを最小の一単位としており、顧客がインペリアルゴールドに売買の委託をし、取引が成立した時点で委託保証金として1キログラムにつき20万円を会社（インペリアルゴールド）に預け入れてもらうことになる。

客の買付または売付の委託に際し、インペリアルゴールドは手数料としてそれぞれ1キログラムにつき1万5千円、往復で3万円を貰う。

これらは決済時にまとめて精算されることになる。

又、利益と損失の計算については、コメックス市場での売買取引がドルでなされているためドルによる取引となり、インペリアルゴールドが当日の日本銀行の為替レートを換算して、売買の日本円価格を決定する。

例えば、客が一単位3キログラムの金《きん》の買付を30キログラム委託した場合の価格の計算方法は、1グラムが単位となる。

仮に1グラム＝10ドルで買付したとして、当日の為替レートが1ドル＝220円であれば、1グラムの価格は2千200円となるので、30キログラム（3万グラム）の買付価格は6千600万円となる。

次に、買付した金《きん》をインペリアルゴールドに委託して売った場合の損益計算は、例えば売付価格が買付価格より1グラムにつき1ドル高い11ドルだった場合、為替レートが買付時と同じであれば、買付時より1グラムにつき220円高く売れたことになるので、1グラムが2千200円プラス220円の2千420円となり、30キログラムの売付総額は7千260万円となる。

この金額から元の買付価格である6千600万円を控除する（差し引く）

と、7千260万円マイナス6千600万円で660万円となり、これが客の〈純利益〉となる。

　そこからインペリアルゴールドの往復諸経費手数料1キログラムにつき3万円、30キログラムで90万円を控除した570万円が客の〈手取り利益〉となる。

　その他インペリアルゴールドと顧客との規約により、売買代金の2パーセントを委託手数料として支払ってもらうことになる。

　買付価格が6千600万円なので、その委託手数料はその2パーセントである132万円、売付価格が7千260万円だったので、その2パーセントの145万2千円が売付の委託手数料となり、客がインペリアルゴールドに払う双方の委託手数料は合わせて277万2千円となる。

　売買による〈純利益〉660万円から諸経費手数料である90万円と、委託手数料の277万2千円、合わせて367万2千円を控除した292万8千円が〈益金〉（利益）として客に支払われる。

この時、買付時にインペリアルゴールドが客から預かった金《きん》30キログラム分の委託保証金600万円（1キログラムにつき20万円）も、一緒に客に返還されることになっている。

取引成立日より数日後には、〈益金〉となる292万8千円と委託保証金600万円の合計892万8千円が客に現金で手渡されるのである。

客がインペリアルゴールドに預ける委託保証金が、1キログラムにつき20万円ということについてはきちんと規約で決められており、後で追加（追《おい》証《しょう》）されるということは決してないとの説明であった。

以上のことを外務員である人見金八から説明された平蔵は、

「商品取引（先物取引）と同じではないですか？」

そう質問すると、人見はこう答えたという。

「商品取引とは全く違います。株の取引と同じと考えていただければよいかと思います。決済するのに期限は決められていませんから」

「………」

「それに委託保証金を会社に預ければ、およそ10倍の価格の金《きん》の取引が出来るんです。つまり自己資金は、個人で実際に金《きん》を購入する場合の10分の1で済むんです」

「……」

「つまり買ったときよりも売るときに金《きん》が値上がりしていれば、自己資金だけで取引するよりも10倍儲かる訳です」

「……」

「ここが個人でやるより弊社に委託した場合のうま味なんですね」

〔金《きん》は世界的に広く取引されており、簡単には意図的な価格操作が出来ないので、取引をしても安心かもしれない。それに自己資金が10分の1で済むのなら……〕

よく分からないまま、平蔵はそう思ったのである。

それに外務員の人見は話し方もどことなく素朴で、着ている背広も派手さはなく普通の若い営業マンという印象であり、人を騙すような人間には全く見えなかったという。

「もし弊社と取引をしていただけるのでしたら、東京支社まで印鑑をお持ちの上、おいでいただけませんか？」

そんな人見の言葉に促されるまま、ボンボン気質で人のいい平蔵は、その日のうちにインペリアルゴールドの東京支社が入る新宿西口の住野ビルディング（不動産大手が運営する超高層ビル）の33階に出向いたのだった。

平蔵はそこで、人見から東京支社の顧客部長だという花岡大輔を紹介され、同じような説明を花岡からも一通り聞かされたあと、インペリアルゴールドと純金取引の委託契約を結んでしまったのである。

太陽は平蔵の長い説明が終わると、率直に尋ねた。

「それで取引して、利益が上がったの？」

「最初は小さい単位で数回買付委託を行ったんだよ。金《きん》の買付から約1か月後に売付委託をしたところ、短期間に結構利益が出て、精算後には保証金もちゃんと返還されて、合わせて相当多額な現金が支払われたんだよ」

太陽は更に平蔵から話を聞き出していく。

「それからどうしたの？」

「それで止めておけばよかったのに、あまりにも簡単に儲けることが出来たので、人の欲とでも言うのか、もっと大金をつぎ込めば利益も膨大なものになると思い込んで、金額を増やして取引を続けることにしたんだ」

「具体的にはどういう取引になったのかな？」

その内容は次のようなものであった。

昭和54年5月24日木曜日、平蔵は純金100キログラム（10万グラム）の買付委託をインペリアルゴールドに対して行った。

このときの金《きん》の相場は1グラム＝1千985円だったので、同日のうちに、総額1億9千850万円の取引が成立したのだった。

そして平蔵は1キログラム＝20万円と決められている委託保証金として、

100キログラム分の2千万円をインペリアルゴールドに対して預け入れた。

その後も金《きん》が毎日のように値上がりしたことから、平蔵は8日後の6月1日金曜日、更に純金200キログラムの買付を決め、インペリアルゴールドに追加委託。

このときの相場は1グラム＝2千130円だったので、4億2千600万円分の取引が成立した。

そしてインペリアルゴールドに純金200キログラム分、4千万円の委託保証金を預け入れた。

これにより平蔵がインペリアルゴールドに預けた委託保証金の総額は、前の取引分と合わせて6千万円に達した。

最初の金《きん》100キログラム、8日後に買付た金《きん》200キログラムの取引についても、インペリアルゴールドによって「貴金属取引代行委託契約書」がきちんと作成され、平蔵は「委託保証金預り証」の発行も受けた。

最初の取引のときには、定期預金を含めた手持ちの預貯金5千万円の一部を引き出し、保証金の2千万円を工面した。

しかし、追加分の保証金4千万円のうち3千万円は残りの預貯金を全部崩して用意出来たものの1千万円足りなかったため、平蔵は信用金庫から1年内完済の約束で融資を受け、これを足してインペリアルゴールドに預け入れをしたのだった。

買付からおよそ1年以内で売付をすれば、多額の利益が出て融資の返済も間違いなく出来ると思ったのである。

以上、平蔵は計300キログラムもの純金を、総額6億2千450万円でインペリアルゴールドに委託して買ったのだった。

それから平蔵は、毎日のように金《きん》の相場に気を配り、インペリアルゴールドの人見や花岡に頻繁に価格がどうなったかを確認する電話を入れていたのである。

借金をしてまで高額の保証金を入れている関係上、万一暴落でもしたら大変なことになると思っていたからだ。

平蔵の心配は杞憂に終わった。

10月に入ると、金《きん》は連日のように暴騰《ぼうとう》したのである。多額の利益を出せることが確実となった頃合いを見て、平蔵は全ての金《きん》を手放す、売付委託を決断したのだった。

「今売却すると相当な利益が上がる。直ぐに全部売却して欲しい」

11月1日木曜日、平蔵はインペリアルゴールドの東京支社に出向き、自分が買った全300キログラムの純金の売付（手仕舞《てじまい》）を顧客部長の花岡に直々に依頼した。

しかし、花岡の答えは次のようなものであった。

「アメリカとイランの情勢が悪化しているので、もっと金《きん》は高くなりますから、待った方がいいですよ。再来週の月曜日、11月12日に手仕舞しましょう」

確かにそのとき、2月に勃発した「イラン革命」によって国外追放されたパフラヴィー元国王（皇帝パフラヴィー二世）をアメリカが受け入れたことで、これに抗議するデモ隊がテヘランのアメリカ大使館を取り囲むという騒動が10月下旬から続いており、世界の動向がイランとアメリカに集まっていた。

世界情勢が不安定になればなるほど通貨への信用が不透明になるため、金《きん》の価値は高まるのだ。

平蔵は一刻も早く売り抜きたかったが、やむを得ず花岡の言葉に従い、11日後の11月12日月曜日まで待つことにしたという。

その間も金《きん》の価格は高騰を続け、買付時には1グラム2千円前後だった値段が今や3千円を遥かに超えて、平蔵の〝儲け〟も膨大なものに膨れ上がっていったのである。

第2章

花岡が約束した純金300キログラムの手仕舞日（11月12日月曜日）の5日前、11月7日水曜日の夜に平蔵は自宅でテレビを見ていた。

すると朝日テレビで午後11時20分から、『追跡・金《きん》取引のからくりと実態』という特別番組の放送が始まった。

それは、最近盛んになっている金《きん》取引の実態が、保証金も益金も戻らない〝詐欺商法〟で、多くの人が泣かされて社会問題化しつつあるという内容であった。

その番組を見た平蔵は腰を抜かすほど驚き、翌朝、テレビ局に電話をかけた。

そして幸運にも、番組の担当者だという清井という人物と話をすることが出来たのだった。

清井の話では、金《きん》の売買取引を行っている業者は、ほとんど全部と言っていいほど詐欺に近いことをしているとのことであった。

更にその3日後の11月10日土曜日、朝刊に目を通していた平蔵は我が目を疑うことになる。

名古屋にあるインペリアルゴールドの本社が「外為法違反」の疑いで愛知県警から家宅捜索を受けたという記事を、社会面に見つけたのである。

記事によると、インペリアルゴールドから被害を蒙《こうむ》っているという訴えが22件も発生しており、被害者が「膨大な数に上る見通し」とのことであった。

このようなテレビと新聞の報道に接し、平蔵の不安は大きく膨らんだ。

焦った平蔵は、インペリアルゴールドの東京支社に電話を入れて花岡を呼び出すと、強い口調で手仕舞を改めて申し込んだ。

「私の金《きん》300キログラムを全部、大至急売却して欲しい！」

するとと花岡は平蔵に、申し訳なさそうな声で、

「実は……保証金の金額が改定になりまして、その追加がなければ買付も売付も受けてはならないという指令が本社から出たんです……」

初めて委託保証金の金額が改定されたことを言ったのである。

「えっ⁉　それはどういう意味なの⁈」

平蔵は驚きと共に不安を感じながら訊《き》き返した。

すると花岡は、

「自分としては、安倍さまのように利益の出ているお客さまからも追加の保証金をいただくのは無駄なことだし、どうにも納得出来ないと考えているんです。なので、近いうち名古屋の本社に行って説明を受けてきます」

そんなことを言って話をはぐらかすので、平蔵はますます焦り、思わず大きな声を出していた。

「そんな悠長なことを言ってたら、取り返しがつかないことになるんじゃな

いの！」

「そんなことはありません。お約束通り11月12日、来週の月曜日、朝一番で必ず手仕舞をいたしますので、それまで待っていただけませんか。月曜日に手仕舞を完了させましたら、すぐにお電話を入れますから」

花岡はいたって冷静に、そう約束したのである。

「花岡さん、本当に手仕舞してくれるんでしょうね！」

平蔵が念を押すと、

「どうせ金《きん》は、このまま値上がりを続けるでしょうから、心配なさることはありません。それまで待っても大丈夫ですよ」

そんな対応だったという。

太陽は平蔵に話を続けさせた。

「それからどうなったの？」

11月12日、平蔵は委託保証金の追加のことなど全く考えずに、花岡からの手仕舞完了の連絡を、今か今かと朝から待っていた。

しかし、いつまでたっても、花岡からの電話はかかってこなかった。

しびれを切らした平蔵が、昼頃になってインペリアルゴールド東京支社に電話を入れると、電話に出た女性の事務員からこう告げられた。

「申し訳ございません。部長の花岡は名古屋の本社に向けて、たった今会社を出たところです」

朝一番で手仕舞の処理をして必ず連絡をくれると言っておきながら、随分失礼だなと思いながらも平蔵はグッと我慢した。

そして、花岡が名古屋に到着した頃合いを見計《みはか》らって、今度は本社の方に電話を入れたのだった。

しかし、電話口に出た女性事務員に二度も会議中を理由に取り次ぎを断られ、三度目にかけたときも同じ理由で切られかけたので、

「今日売却を取り次いでもらえないで、もし金《きん》の値段が下がって損害を蒙《こうむ》った場合、誰が責任を取ってくれるのですか!!」

そう怒りを爆発させたところ、やっと花岡が電話口に出たのである。

するとと花岡は、

「本社ではやっぱり、委託保証金の増額は既に決定事項なので、それに従って保証金を追加してもらわなければ、売買の受け付けは出来ないって言うんです」

そう申し訳なさそうに言いながらも、一方では平蔵を問い正すように、

「そういうことなので、安部さまの手仕舞も出来ないことになってしまいました。保証金増額の件についての詳細は、本社からそちらにもちゃんと通知が行っているはずだと本社では言っているのですが……まだお宅には届いていませんか？」

そんなことを言い出したのだった。

平蔵は花岡の言っている意味がよく理解出来ず、もしかしたらそんな通達が来ているのかもしれないと考え直し、一旦電話を切って確認してみることにした。

インペリアルゴールドから届いたパンフレット類や案内状で封を切らずに

部屋に放置していたものを改めて調べたところ、「株式会社インペリアルゴールド 代表取締役社長 東金昇造」名で送付してきた10月18日消印の封筒が見つかった。

封を開けて中を確認したところ、これまで1キログラムにつき20万円だった委託保証金を、昭和54年9月20日付で60万円に改正したので、遡ってこの改正規約を適用するという意味のことが書かれており、平蔵は呆れてしまった。

今年の5月、外務員の人見が最初に持参したパンフレットには、委託保証金一単位3キログラムで60万円、1キログラムにつき20万円と明記されており、提示された約款《やっかん》にもそのことがちゃんと書かれてあった。

人見の説明でも、1キログラムにつき20万円を委託保証金として預け入れれば、約款にもある通り、あとは絶対に追加などはないという話であった。

それならばということで、平蔵はインペリアルゴールドに金《きん》取引の委託をすることにしたのである。

もし、1キログラムにつき保証金が60万円も必要であるということであれば、最初から取引の委託契約をするはずがないことは、平蔵の言動からも明らかであった。

1キログラムにつき60万円ということは、委託保証金だけで300キログラム分として1億8千万円もの大金が必要となり、そもそもこんな巨額の金を平蔵が動かせるはずがないからである。

平蔵は既に委託保証金を6千万円も入れているが、もし追加するとなると、その差額の1億2千万円が追証《おいしょう》として必要になる。

信用金庫から1千万円を借り入れるのがやっとだった平蔵が、そのような大金をこれから工面することはどう考えても不可能なことであった。

それに委託保証金は、当初の契約では1キログラムにつき20万円ということがはっきりしているので、これは当然反対売買（信用取引決済の一方法で、清算取引において、差金決済のために行う売り又は買い）を含んでの保証金であり、客の承諾もなしに、勝手に遡って保証金の追加を決めることは、明らかな契約違反であった。

その上、インペリアルゴールドは売却の委託を受けて取引することによって、1キログラムにつき往復諸経費手数料が3万円として、300キログラムで900万円の多額の手数料が入ることになる。

更に規約によって売買代金の2パーセントを報酬として受け取れるため、平蔵のように多額の利益が上がっている客の金《きん》を売却することにより、インペリアルゴールド側は何ら損害を蒙《こうむ》ることはないのである。

アメリカのコメックス市場での取引が成立すれば、その売却代金がインペリアルゴールドに入る訳で、平蔵が当初買った価格を売却代金から差し引き、更に諸経費や委託手数料といったインペリアルゴールドの取り分を控除した残金が平蔵の益金として残るはずで、損害を担保するために預けてあった委託保証金はその利益と一緒に平蔵に戻ってくることになるのである。

よって、金《きん》の価格が高騰している今、インペリアルゴールドが客から追加の保証金を取る必要など全くないと言わざるを得ないのである。

平蔵の話を一通り聞き終えた太陽は、何故インペリアルゴールドが平蔵に対して保証金の追加を求めるに至ったのか、その理由を自分なりに考えてみた。

考えられる理由は、およそ二通りである。

平蔵の話によると、契約のためにインペリアルゴールドの東京支社に赴いたところ、たまたま金《きん》取引で6千万円の〈損金〉が出た客が呼び出されており、保証金では埋まらない不足分の支払いを強く催促されていたのを目撃したことがあったという。

この話から考えられるのは、恐らくインペリアルゴールドは、損金が出た客からの回収が思うようにいかずに相当な金額が回収不能となっており、既に決済して利益が出ている他の客への支払いが滞っていることから、他の客が預け入れている委託保証金を勝手に流用し、他の客の益金や保証金の返還に回しているのではないかという疑いだった。

それだけではなく、既に利益の上がっている客の手仕舞が多数発生しており、莫大な益金と保証金を返還せよと矢のような催促を受けているために、その穴埋めをする必要に迫られているのではないかということも想定出来た。

次に考えられるのは、もしかして平蔵の買付けた金《きん》は、米国のコメックス市場を通さず、計算上起こした伝票操作、いわゆる〈呑み行為〉をインペリアルゴールドが勝手にやっていたのではないかとの疑いであった。

金《きん》相場のこれ以上の値上がりが望めず、下がるであろうと判断したインペリアルゴールドは、平蔵が損を蒙《こうむ》ったタイミングで手仕舞し、損金と諸経費や手数料を、預かった保証金から取り上げ、それでも足りない場合には更なる損金を取り立てようと考えていたが、金《きん》の高値が続き、その読みが外れたという可能性である。

そのため、金の高騰により多大な利益が生じている平蔵から売りの注文を受けて手仕舞にしてしまうと、実際に金《きん》を購入していないインペリアルゴールドとしては、持ち出しで高額の決済をせざるを得なくなるのである。

この場合、発生した利益分及び委託保証金の返還だけで数億円（およそ2

億3千万円ほど）の支払いを余儀なくされるので、平蔵が手仕舞出来ないような方策を講じる必要があったということかもしれなかった。

インペリアルゴールド側は、平蔵の経済状況からして差額の追加保証金1億2千万円の支払いが出来ないことを知っていて、意図的に保証金の増額の要求をしてきたのであろうと考えられた。

いずれにしてもインペリアルゴールドがコメックス市場を通してちゃんと金《きん》の売買をしていれば、利益を上げた客から往復の諸経費手数料及び委託手数料だけ貰って、あとは保証金を返還すれば良い訳で、利益にはなっても損害を蒙《こうむ》るはずがないのである。

そこで窮余の策として、実行不可能な追加保証金を要求し、決済出来ないようにしてきたものと思われる。

更にインペリアルゴールドが、平蔵に限らず利益を上げている多数の客に対しても同じような姑息な手段に及んでいることは、想像に難くなかった。

こうして太陽は、インペリアルゴールドが実際の金《きん》市場を通した取引をすることなく〈呑み行為〉、いわゆる〈ペーパー商法〉とか〈現物まがい商法〉と言われるインチキ商売をしているのは間違いないとの確信を持つに至ったのだった。

太陽は平蔵に対して、以上のことが事実であれば、間違いなく「詐欺罪」として捜査の対象になると共に、同時に他の客に対しての多額の返済も不能となり、いずれ近いうち破産して倒産することは必至であろうとの説明を行った。

もしそのようなことになれば、平蔵の生活は破綻し、窮乏生活を余儀なくされて、借金を抱えたまま年を越すことになりかねない。

至急インペリアルゴールドの財産に対して保全を図らないと、平蔵自身も破産しかねないことは火を見るより明らかな状況であった。

太陽は平蔵が手仕舞した場合の現時点での益金を確定し、損害額を算定する必要があると判断した。

太陽は平蔵に向かって次のように述べた。

「明日、11月13日にインペリアルゴールドに電話をかけて、売付委託の依頼をもう一度正式に行ない、これをテープに録音して証拠に残したあと、直ぐ内容証明を出すことにするよ。明日の午後1時にもう一度事務所に来てくれないか」

11月13日火曜日、平蔵が事務所を訪れるその日の午前のうちに、太陽は受話器に録音装置を設置し、準備を整えておいた。

午後1時前に訪れた平蔵に、太陽は予め作成してあったインペリアルゴールドの花岡大輔との対話問答集を何度も読ませて平蔵の頭に叩き込ませた。

これから録《と》る会話が、平蔵の損害額を確定し、賠償させるための最大の武器となり、証拠の価値として極めて高いことを、太陽は幾つかの事件を通して知悉《ちしつ》していたのである。

第3章

青空太陽が「対話録音」が証拠の価値として極めて高いことを実感した過去の事件、その中でも最も印象に残っているのは、3年前太陽が34歳の時に某暴力団を相手にした事件であった。

録音テープの会話が、証拠として功を奏した事件であった。

それは東京都中央区築地に所有する2階建ての一軒家を、1階の店舗を喫茶店に、2階を家族4人の住居として山根敏明に賃貸していた家主の三浦栄治からの依頼であった。

賃借人・山根は店舗の内装工事のため、約1千万円の借り入れを高利金融業者Sライフから行ったものの、直ぐに経営に行き詰まり返済が不能になった。

太陽が依頼を受けたとき、金融業者Sライフから貸付金取り立ての依頼を受けた某組の暴力団員数人が、その回収のために山根の店舗を占拠するに及んで、既に10日以上がたっていた。

家賃の滞納が6か月以上も続いていたため、債務不履行を理由に貸主である三浦が契約を解除し、山根敏明に明け渡しを求めていた矢先の占拠であった。

暴力団員による取り立てに身の危険を感じ、恐怖を感じた山根は、店舗を閉鎖し家族と共に夜逃げをして、行方不明となってしまった。

建物の持ち主である三浦は、賃貸借契約を解除していることを理由に、占拠者である暴力団員が立て籠もっている店舗に赴いて明け渡しを求めたところ、

「俺たちは金融業者Sライフから債権の譲渡を受けている債権者だよ。1千万円耳を揃えて持ってくれれば、直ぐにでも明け渡してやるよ」

と言うだけで、聞く耳を持たなかった。

暴力団員が債権者を装い、貸主である三浦に、明け渡しの名目で理不尽な金銭を要求してきたことは間違いないものと思われた。

三浦は、暴力団員による1千万円の要求は無理難題であることから、止むを得ず法的手続きで明け渡しを求める以外に方法がないと考え、相談のため青空太陽の法律事務所を訪れたのだった。

予め三浦栄治から電話で相談を受けていた太陽は、法的手続きを取って明け渡しの断行をするには、極めて多額の裁判費用と数か月以上の期間がかかるだけではなく、後々暴力団からの嫌がらせがあり得ると判断した。

そこで、このような法的手続きを取らずに、費用をほとんどかけずに迅速に明け渡しをさせ、後々嫌がらせも受けない唯一の方法を思いついていた。

暴力団員の行為は、「住居侵入罪」や「不退去罪」（刑法130条）に該当すること、貸主の三浦に無断で、電気・ガス・水道を使用していること等がヒントとなった。

依頼を受けた太陽は、その日のうちに三浦栄治を自分の事務所に呼んだ。

事務所内の電話機には録音装置が取り付けられており、三浦と暴力団員との会話を録音する手筈は整っていた。

事務所にやって来た三浦は、自分が直接電話するのを怖がり躊躇したが、太陽は既に三浦が暴力団員に話す内容を、罫紙に書き出していた。

「この通り話せば大丈夫ですよ」

そう言って紙を渡し、三浦を安心させた。

太陽は、三浦栄治の臆病な様子から、あえて言う必要もないと思ったが、

「なるべく、おどおどして怯えている感じでお願いしますね」

そう優しく言うと、罫紙の文章を何度も復唱させた。

喫茶店だった店舗内には営業用の電話があり、そこに電話をすれば占拠中の暴力団員が間違いなく受話器を取るはずであった。

三浦は電話の前でかなり緊張しており、ためらいながらも太陽に向かってこんな提案をしてきた。

「明け渡し交渉に長期間かかるようでしたら、私もかなりの損害を蒙《こうむ》ることになりますので、相手の要求額の半分の500万円で話がつきませんか？その程度の金なら直ぐにでも用意出来ますが……」

「三浦さんいけませんよ。暴力団を相手にそんなことをしたら、あとあと色々難癖をつけて500万円どころか1千万円でもきかなくなりますよ。私は暴力団に対しては、示談は勧めませんね」

「分かりました。それでは先生の言う通りにします。先生の書いた通りに電話で話せばいいのですね？」

三浦栄治は意を決して電話をかけた。

すぐに暴力団の一人が電話口に出た。

「もしもし、私は今皆さんが無断で入っている店舗ビルの所有者ですが、皆さんには貸した覚えは一切ありません。今直ぐ明け渡してくれませんか？」

「何だって！　無断で入ってるって！　冗談じゃないよ。こっちは1千万円の債権者で、山根敏明の承諾を貰って入ってんだよ！」

「山根さんは私から賃貸契約を解除されているのでそんな権利はありません。借りていた山根さんの同意は無効なんですよ」

「そんなこと、こっちには関係ないよ。そっちが1千万円、耳を揃えて代わりに返してくれれば、いつでも明け渡してやるよ」

「何で私には一切関係のないお金を、返さなければいけないんですか？」

「あんたも、いつになっても明け渡してもらえなければ、誰にも貸せないので困るんじゃないの」

「その通りです。私としては、今直ぐにでも明け渡してもらわなければ、次の人に貸せないので大変な損害が生じます」

「こっちだって、金を返してもらわなければ大損害なんだよ。あんたも素直に金を出した方がトクだと思わないか？」

「どうしても私の言うことを聞いてくれないのでしたら、明日にでも電気・ガス・水道を解約して止めてもらいます」

「馬鹿やろう！　ふざけんなよ！　こんな雪の日に暖房切られたら、凍え死んじゃうだろうが。人権侵害で訴えるぞ！　家主だからって、調子乗るんじゃねえよ！　月夜の晩ばかりじゃないからな。お前だって家族がいるんだろ。どうなっても知らないぞ！　気をつけて物を言えよ。１千万円持ってくれば直ぐにでも出てやるって言ってるだろ！」

「そんな怖いこと、言わないでくださいよ……」

太陽は会話の内容から、恐らく期待通りの録音が出来たと判断し、身振り手振りで電話を切るように三浦を促した。

太陽は三浦栄治が電話を切ったところで、録音テープを巻き戻して会話を再生し、三浦と二人で聞いた。

会話の内容は太陽にとって、直ちに明け渡しをさせるに十分勝算のある満足のいくものであった。

電話に出た暴力団員は、まんまと太陽が描いた筋書き通りの挑発に乗ったのである。

「三浦さん、でかしましたね。この内容でしたら、裁判にかけなくても数日中に明け渡しが出来ると思います。あとは私に任せてください」

「本当ですか。そんなに上手くいくのですか？」

「そのためにはお願いがあります」

「何でしょうか？」

「明日一番で、電気・ガス・水道の各社に連絡をし、全て解約をして供給をストップしてもらってください」

「そんな強引なことをして大丈夫ですか？」

「あとは私に任せておいてください」

「分かりました。それではおっしゃる通りにします」

「電気・ガス・水道を切ったら、直ぐ私に連絡をくださいよ」

太陽は三浦にそう指示すると帰ってもらい、連絡を待つことにした。

翌日の午前中、三浦から電話連絡があった。

「先生、今朝各社に連絡しました。明日止めてくれるそうです」

「了解しました。切ったのを確認出来たら、また電話でお知らせください」

「分かりました」

翌日の午後3時頃になって、三浦から連絡が入った。

「先生、電気・ガス・水道、全部切り終わりました」

「分かりました。それでは、明日の早朝に私が一人で店舗に乗り込みます。三浦さんは一緒に来なくても大丈夫ですよ。暴力団員は三浦さんの住まいも電話番号も知らないでしょうから、連絡は来ないでしょう。万一来たら、全て弁護士に任せていると言ってください」

「その通りにします」

その夕方、東京の街に雪が降り始め、夜になるとその勢いは激しくなった。電気・ガス・水道を全部止められた暴力団員たちは、今頃きっと寒い思いをしているに違いない。

「雪もこっちの味方をしてくれている……」

ビルの9階にある法律事務所の窓から、新宿御苑を真っ白に染め始めた降雪を眺めながら、太陽はそう考えていた。

翌朝10時頃、太陽は事務所を後にした。

すでに止んだものの、歩道にはまだ積った雪が残っていた。かなり冷え込んでいたが、雪の上を長靴で地下鉄の駅まで歩き、暴力団員たちが占拠している築地の店舗に向かった。

ほどなく店舗に到着した太陽は、ガラスのドア越しに店舗内を覗き込んだ。中には3人の暴力団員が、暖房器具が使えないためどこからか調達してきた石油ストーブを室内のど真ん中に置き、それを囲むように体に毛布を巻いて蓑虫《みのむし》のような格好で暖を取っていた。

太陽は入口のドアをノックし、開錠してもらって中に入った。

そこにいた3人は、一目で暴力団員に間違いないという風体をしていた。年の頃は30代から40代で、恐らく組長の命令によってここに籠城しているものと思われた。

「初めまして、私は弁護士の青空太陽と申します」

「それがどうしたの？」

そんな対応をしてきたリーダー格と思われる男に、太陽は法律事務所の名刺を手渡した。

「ところで皆さんの名前を教えてくれませんか」

「そんなことはどうでもいいや。それより何の用なんだよ」

「私はこの店舗の持ち主に頼まれた代理人です。ご存知のように、この店舗は私の依頼人が、山根敏明さんに貸していたものですが、家賃の滞納により賃貸契約は既に解除されており、現在山根さんにはここを占有する何の権利もありません。ましてや皆さんにはなお更その権利がなく、不法占拠者となります。この点どのようにお考えですか？」

「先生よ。持ち主にも話した通り、俺たちはここを借りてる山根に、1千万円の金を貸したSライフから債権の譲渡を受けて貸主となったんだよ。山根からもこの店舗内に入る同意書を貰ってんだ。1千万円の金を返してもらうまでは、ここを立ち退くつもりは全くないよ。そもそも、何なんだよ俺たちに無断で電気もガスも水道も全部勝手に切りやがって。俺たちが一晩どんな思いをしたか分かるか？　人権侵害もいいとこだよ。あんただって弁護士なんだから、そのくらいのこと分かるだろう？」

「どうも皆さんの言っていることは、法律的に全く通用しませんね。無理難題を述べているだけで、まるで話になりません。これじゃあ、刑事告訴をせざるを得ませんね」

「おう上等だよ。やれるもんならやってみなよ。警察だってこれは民民《みんみん》（民間人と民間人）の民事問題で刑事事件じゃないんだから、告訴を取り上げやしないよ」

「いや、そんなことはないね。皆さんの行為は〈住居侵入罪〉と〈不退去罪〉、それと一番重いのは、貸主に対する〈恐喝罪〉だからね」

「馬鹿なことを言うんじゃないよ。何で〈恐喝罪〉になるんだよ。証拠があるのか？　あるんだったらここに見せろよ！」

太陽はリーダーと思われる男の、このひと言を待っていた。

まさにこれからが佳境と言っても過言ではなかった。

「そうですか。それでは〈恐喝〉の証拠をお聞かせしましょう」

太陽は持参した録音機に、昨日の電話でのやり取りを録音したカセットテープを装着した。

「それでは再生しますから、よく聞いてくださいよ」

3人の暴力団員は一体何が始まるのか分からないまま、どこか緊張した面持ちで待っている。

太陽は昨日収録した電話の音声を初めから再生した。

「どうでしたか。持ち主との会話の声は、あなたでしたね」

太陽はじっと最後まで聞き入っていたリーダー格の男に向かい、念を押すように訊《き》いた。

男は無言のままであった。

「今、会話の内容を聞いた通り、あなたは『家主だからって、調子乗るんじゃねえよ！　月夜の晩ばかりじゃないからな。お前だって家族がいるんだろ。どうなっても知らないぞ！　気をつけて物を言えよ。1千万円持ってくれば直ぐにでも出てやるって言ってるだろ！』と言っているんですよ。貸主は怖がって『そんな怖いこと、言わないでくださいよ……』と怯えていましたね。これで分かるように、あなたの言動は明らかに刑法第249条『人を恐喝して財物を交付させた者は、10年以下の懲役に処する』に抵触します。更に250条には『未遂は、罰する』となっています。このテープを警察に持ち込めば、組長もあなた方3人も〈住居侵入罪〉と〈不退去罪〉、それと最も重い罪である〈恐喝罪〉の共犯として逮捕も時間の問題ですね。どうしますか？」

思ってもみなかった展開に、先ほどの威勢の良さは影を潜め、暴力団員たちは押し黙ったままであった。

太陽は畳みかけるように、

「もし皆さんが、今日中に店内の什器《じゅうき》や備品などを一切破損しないで、鍵をテーブルの上において退去してくれれば、告訴はしません。退去しないでこのまま不法占拠を続ければ、明日直ちに警察にこのテープを持ち込んで告訴します。回収の見込みが全くないお金に執着して明け渡しを拒否して居座りを続けるより、告訴されて逮捕される恐れがある方が嫌だと思いませんか？どちらが皆さんにとってプラスになるか、よく考えた方が良いですね。組長さんにも相談する必要があると思いますので、ダビングしたこのテープは差し上げます。テープの原物は念のため、いつでも警察に提出出来るように事務所に保管してあります。今日は午後から一日事務所にいますので、退去が終わったら午後6時までにお電話ください。それでは、私はこれで失礼します」

そう言って出入口のガラスのドアに向かった。

リーダー格の男はふて腐れた態度で、

「分かったよ、考えておくよ」

と言うのみであった。

太陽は、暴力団員が本日中に店舗を明け渡すことは間違いないとの確信を抱きながら、足取りも軽く地下鉄を乗り継いで新宿御苑前の事務所に引き返した。

新宿御苑の事務所に戻った太陽は、直ちに三浦栄治に電話を入れた。

「三浦さん、今店舗に行き、暴力団員と話をして来ましたよ」

「どうでしたか？　本当に一人で行ったんですか？　先生が危険な目に遭ったらどうしょうかと心配していましたよ」

「勿論一人で行きましたよ。依頼者の人権を守るためには、弁護士も時には体を張ることもありますよ。でも今回は会話の録音テープという強力な証拠があったので、相手はそう簡単には手が出せませんから、単身でも身の危険は感じませんでしたね」

「それを聞いて安心しました。それで今後の展開はどうなりますか？」

「そうですね。相手はこの道のプロですから、既に結論は出ていますよ。まず今日の夕方までには、明け渡しをするでしょうね」

「本当にそんなに上手く行くものでしょうか？」

「100パーセントとは言えませんが、まず間違いはないでしょう。明け渡しが済んだら、私に電話をくれることになっています。三浦さんも午後6時頃までは自宅で待機していてくださいよ」

「分かりました。その通りにします」

三浦との電話を切ったあと、相手からの電話を待つ間、太陽は他の事件の記録の整理に当たっていたが、午後4時頃電話がかかってきた。

受話器を取り上げたところ、あのリーダー格の男からであった。

「先生よ。色々考えたんだけど、言う通り明け渡すことにしたよ」

「分かった。それがいいと思うよ。いつ明け渡すの？」

「もう明け渡したよ」

「そうですか。これでお互い今後一切の関係がないということになりますね」

「まさか、告訴するようなことはしないだろうな」

「それは約束するよ」

「先生は怖いなぁ。まさか俺たちが脅かされるとは思わなかったよ」

「私は脅かしたつもりは毛頭ないです。正しいことをしたまでのことですよ」

「今度うちの方でなんか事件があったら、先生にお願い出来るかな？」

「それは無理ですよ」

「そうだろうな。分かったよ」

リーダー格の男との電話を切ったあと、太陽は三浦に直ちに連絡をし、店舗を見て来るように伝えた。

間もなく三浦から事務所に連絡があった。

「先生見てきました。確かに店舗内には誰もおらず退去していました。びっくりしました！」

「それは良かった。什器《じゅうき》や備品は壊されていませんでした？　鍵はテーブルの上にちゃんとありましたか？」

「全てその通りになっていました」

「三浦さん、全てこれで一件落着ですね」

「先生にお願いしてからこんなに早く、たった4日間で解決するとは思いませんでした。本当に有難うございました！」

依頼者の三浦栄治に感謝されて、正に弁護士冥利に尽きると実感した。

弁護士報酬は１か月分の家賃に相当する20万円としたが、太陽にとっては、やり甲斐のある良い仕事となった。

第4章

話を元に戻すことにする。

昭和54年11月13日火曜日の午後、平蔵は太陽の指示のもと、法律事務所からインペリアルゴールドの東京支社に電話を入れた。

「御社、インペリアルゴールドで取引している安倍平蔵ですが、今日、11月13日の後場《ごば》（取引所で午後に行われる売買）の金《きん》の取引の値段を、グラムで教えてくれませんか？」

「1グラム3千432円です」

「あなたの名前を教えてください」

「事務の吉本京子と申します」

とりあえず平蔵が後場《ごば》の取引価格を聞き出せたことで、太陽は一旦電話を切らせた。

そして平蔵に再度電話をかけさせ、次の録音に移った。

「インペリアルゴールドさんですね。安倍平蔵ですが、顧客部長の花岡大輔さんおりますか？」

「少々お待ちください」

すぐに電話口に出た花岡に対して、平蔵は話を切り出した。

「花岡さん、昨日電話くれると言ったから家で待ってたんだけど、電話くれませんでしたね。この間から、私の買った金《きん》の売却を頼んでいるんだけど、全然売ってくれないけど、どうしてなの？　金《きん》が下がってからでは間に合わないので、今日、11月13日の後場《ごば》で全部決済してもらいたいんですよ」

平蔵の強い口調に、花岡は慌て気味に、

「ちょっとこちらの話も聞いていただきたいんです。安倍さんにも文書で通達が行っていると思うのですが、読んでいませんか？」

「どんな通達なの？」

「委託保証金の20万円を60万円に増額をしてもらわなきゃならんという形になった訳ですわ」

「いきなりそんなこと言われてもね。それはね承知出来ないからさあ、約束通り今日決済してくださいよ。それじゃないと最初の約束と全然違うから」

「売ってもいいですけれども、保証金を増額することになっていますんで、今のままでは決済がかからんのですわ」

「そんなぁ、保証金がさ、今から追加だとか何とかということになったら、約束が違うんだよ。そいじゃまるっ切り、おたく詐欺になるじゃないの？」

　これに対して花岡大輔は、

「結局、ほら、通しているのはニューヨークのコメックスの方なんですよね。実はこれは向こうの市場の方からの通達なんですよ。それでですね、保証金の追加を、どうしてももらえず、会社が立て替えるという形になると、会社が成り立たなくなってしまうのですよ。結局60万円という改正案になってしまった以上、当社としてはこれを守らざるを得ないんです」

今度は米国のコメックスに責任転嫁するような言い訳をした。

「俺、そんなこと全然知らないけどね。まあ、決済してもらえれば必ず多額の利益が出て、清算したあとは足りないどころか、相当な利益がそっちにも戻って来る勘定になるでしょう。そっちが決済して困ることなど何もないでしょ？」

「そんな訳にもいかないんですよ」

「うちの方も、銀行のほら、借金の返済期日もあるしさ、だからそんなことじゃね困るからさ、信用問題にもかかわるし……」

「でも、安倍さんだけ追加保証金を免除するという約束は出来ないんですよ」

「最初の約束と全然違うしさ、保証金が云々って言ったって、今からそんなこと言ったって、こっちは全然連絡を受けてないし、知らないんだからね。とりあえず手仕舞して精算してもらわないことにはしょうがないんだよ。とりあえず、電話で決済しないと間に合わないと思って、いま電話している訳なんだけど」

「ほんとにこんな言い方、非常に薄情かも分かりませんけど、私として今手仕舞をするとは言えません」

「ちょっとさあ、待ってね。今お願いしている弁護士さんと代わるから」

平蔵は傍らで待機していた太陽に受話器を手渡した。

「電話代わりました。弁護士の青空太陽と申します。安倍平蔵さんの昔からの親友ですけれども、つい数日前に相談を受けたばかりなのですが、私が聞いている限りでは、金《きん》を売ってくれと御社、インペリアルゴールドに言っているのに、追加保証金を入れないと売れないとの一点張りだそうですね？」

「その通りです」

「保証金が必要になるのは、売却して損金が発生した場合に、その補填のためですよね」

「そうなりますね……」

「安倍さんの場合は、買付代金と売付代金を相殺《そうさい》しても極めて多額の利益が出ることに間違いはいなく、全部清算したあと保証金も含めて、むしろ相当な利益金が戻って来るという計算になりますね」

「はい……」

「それなのに一方的に保証金を追加してくれというのは、矛盾ではないですか？　そ点についてては、どのように思われますか？」

太陽のこの質問に対して、花岡は無言であった。

「先ほど安倍さんが花岡さんに電話で必ず手仕舞してくださいと意思表示をしています。私はこの会話を後日の証拠として、全部テープに録《と》っています。今日は昭和54年11月13日、火曜日、現在の時間は14時10分、あなたの名前はインペリアルゴールド東京支社の顧客部長の花岡大輔さんでいいですね」

「はい、花岡です」

「売却の意思表示は電話でもいいと規約に書いてありますから、これで売却の意思表示を正式にしましたよ。必ず売ってくださいね」

「だからね、おたくは今必ず売ってくださいと一方的に言われますけど、私としては今、それが売れるかどうかは今、本社に通します」

「ただ、インペリアルゴールドが売買を断る理由として、追加保証金のことをあくまでも言うのでしたら、こちらでは一切そういった承諾をしたことはないとの意思表示を、はっきり申し上げておきます。いいですね」

「はい、分かりました」

「じゃ、安倍平蔵さんの所有する純金、合計300キログラムを、先ほどの事務員さんに後場《ごば》の金額1グラム3千432円と聞きましたので、現在のコメックス市場での相場で、全部売却するという意思表示をしましたよ」

「はあ、はあ……」

太陽は花岡大輔の最後の言葉を聞いたあと、受話器を置いた。

平蔵は太陽と花岡との電話のやり取りを聞いている最中、不安な眼差しを太陽に向け息を凝らしていた。

太陽は平蔵に向かって、

「インペリアルゴールドが電話での対話通り売却に応じてくれなくても、今の録音テープを証拠に損害額が計算出来るよ。しかし、それが出来たとして、その後どうするかだな……」

これまでの平蔵の話と、部長の花岡大輔の対応を聞くに及んで、インペリアルゴールドは完全に経営破綻に陥っており、平蔵の売買利益はおろか保証金の回収すら極めて困難であると太陽は思わざるを得なかった。

「今後考えられる方法を説明するので、よく聞いてくださいよ」

太陽はしばらく思案していたが、どうやら考えがまとまったようで、平蔵に向かってこう言った。

「平ちゃん、これは思ったより厳しい状況だね。もしこれがインペリアルゴールドによる詐欺だとしたら、その事実を立証した上で、損害額を確定する必要があるね」

「仮に損害額が確定出来たら、どうやってお金を回収することが出来るの？」

「問題はそこだよ。インペリアルゴールドに資金がなければ、ない袖は振れないという言葉通り、損害額が確定しても回収不能ということになるね」

「そうなると俺はどうなるのかな？」

「冷たいようだけど、極端に言うと利益はおろか、預け入れている保証金6千万円も回収不能ということにもなりかねないね」

　太陽の話を聞いた途端、平蔵は驚愕のあまり絶句し、暫く間をおいて、確認するように太陽に尋ねた。

「それじゃあ俺のお金は、一銭も戻らないっていうことなの？」

「絶対ということではないよ」

「じゃあ何かいい方法でもあるの？」

「ない訳ではないけどね」

「それはどんな方法なのかな？」

「それはインペリアルゴールドが仮に何処かに隠し資産、即ち金融機関に預貯金か又は資産価値のある貴金属や不動産があったとして、それが何処にあるのかその所在を突き止めて、他所《よそ》に隠されないうちに仮に差し押さえる方法だね」

「そんなことが出来るの？　でもどうやって隠し財産を捜すの？　それがあったとして、どうやって押さえるのか教えてよ」

「問題はそこだよ。インペリアルゴールドの資産が何処にあるのか分かれば、平ちゃんの蒙《こうむ》った損害金を請求債権として、裁判所に仮差押えの申立を行い、決定を受けて資産を押さえるんだ。法的にはこれを〈保全手続き〉と呼ぶんだよ。民事保全法にその旨規定されているんだよ」

「もし資産を仮に差し押さえることが出来たら、その後はどうなるのかな？」

「平ちゃんがその後に損害賠償請求の本裁判を起こし、勝った場合にはその資産を本差し押さえして執行官に依頼して競売にかけ、損害金を回収するんだ。この場合相手の資産の価値によっては、全部回収出来る場合もあれば、一部の場合もあるんだよ」

「へーそんなことが出来るんだ。でも仮差押えが事前に相手に知られたら、隠されてしまうんじゃないの？」

「勿論相手には一切秘密にして行う必要があり、裁判所もそのことを当然の前提とした制度なんだ。相手側が不法行為や債務不履行を行っていることがある程度証明された場合には、債務者が勝手にその資産を第三者に対して処分出来ないように、むしろ中立人である債権者の権利を護ってあげるために必要とされる制度だと言えるね」

「何となく分かったような気がするよ。俺は今後どうしたらいいのかな？」

「まず相手の所有財産、即ち預貯金口座や不動産、貴金属などの動産が何処にあるのか、それを捜すのが先決だね」

「仮に何処を捜しても見つからないときは、どうなるの？」

「何も押さえるものがなければ回収は不能となるね」

「詐欺で社長を刑事告訴して、僅かな金額でも示談して払ってもらえればいいんだけど、この件ではなかなか思うようにはいかないだろうね。警察も直ぐ動いてくれるとは限らないしね。平ちゃん、インペリアルゴールドの財産について全く心当たりがないの？」

「はじめに俺を訪ねて来て金《きん》取引の勧誘をした外務員の人見金八をこの件で

責めたら、すごく責任を感じていて、自分もここのところ給料の支払いも滞りがちで歩合も貰っていないんですとこぼしていたよ。そう言えば、何か協力出来ることがあれば、いつでも連絡くださいと言っていたな」

「その外務員だったら、何か会社内部のことを知っているかもしれないね。明日（11月14日水曜日）にでも事務所に連れて来てくれないかな」

「分かった。至急連絡を取って、明日連れて来るよ」

平蔵から連絡を受けた人見金八は、翌日平蔵と一緒に太陽の事務所に緊張した面持ちでやって来た。

平蔵が言っていたように、人見は風采の上がらない大人しい男で、とても詐欺のような大それたことに加担する人間には見えなかった。

恐らく人見は、インペリアルゴールドが客から委託された金《きん》の取引をちゃんとしていると思っていたに違いない。

「弁護士の青空太陽です」

太陽は名刺を差し出し、人見と挨拶を交わすと直ぐに本題に入った。

「ところであなたが勧誘した金《きん》の取引で、ここにいる安倍さんが委託保証金等の返還を受けられず、かなりの損害が生じて困っていますが、何故インペリアルゴールドが保証金や益金を客に返せないのか、知っていることがあれば教えてくれませんか」

「はい、そのことですが、私たち外務員もインペリアルゴールドがどのような状況になっているのか、会社からは何の報告も受けていません。私が担当して勧誘したお客さんからも追加保証金のことで連日苦情が来て、対応に苦労してます。ここのところ私たち社員への給料や歩合の支払いも遅れており、お客さんに返還出来ない苦しい事態が生じていることは確かなようです。しかし、自分たち外務員の立場にある者には、それが何なのかまるで分からないで困っており、安倍さんにも大変ご迷惑をお掛けして申し訳ないと思っています」

人見は鼻水をすすりながら神妙な顔つきで青空と平蔵に訴えたので、青空は彼の言葉は満更嘘ではないと信じることにした。

「あなたが詳しい事情を知らないことは分かりました。ところで、あなたはいつも何処に出社してから勧誘に出かけているのですか？」

「毎日ではありませんが、一旦は新宿住野ビルディングの東京支社に顔を出してから、新規勧誘に出かけています」

「ところで、会社の取引銀行などの口座が何処にあるか、分かりますか？」

「詳しくは知りませんが、今の状況では口座があったとしても、直ぐに引き出されて残っているとは考えられません」

「インペリアルゴールドの資産が何処にあるのか、心当たりはありませんか？どんなことでもいいですよ。教えてくれませんか」

「そう言えば私は行ったことはありませんが、東京支社が入っている住野ビルディングの地下1階に、インペリアルゴールドが経営する金《きん》を販売している専門の店舗があると同僚から聞いたことがあるのですが、私は行ったことがありません。今でも経営しているかどうかは分かりませんが……」

「本当ですか？　もし今でも経営していれば、金《きん》の現物が商品として置かれている可能性がありますね。どのような金《きん》の商品ですか？」

「同僚の話では、金《きん》を彫刻して細工を施した物とか、純金の延べ板などらしいですね」

太陽は人見金八の話を一通り聞き終わったので、「大変参考になりました」と言って引き取ってもらった。

「純金製の彫刻などがインペリアルゴールドの所有であれば、仮差押えが出来るんだけど、第三者からの販売委託品であれば、所有権が第三者に帰属しているので、残念ながら押さえることは出来ないね」

太陽は難しい顔をして、平蔵にそう言った。

第5章

11月15日木曜日、太陽は現在のインペリアルゴールドの状態からして、まず会社の所有とは思えないと考えたが、徒労に終わることを覚悟の上で、一縷《いちる》の望みを抱きながら、とりあえず住野ビルディング地下1階の店舗に足を運んでみることにした。

警戒されないように顧客を装って、一人で偵察に行くことにしたのである。外務員の人見が言っていたように、確かに新宿住野ビルディングの地下1階には、ガラス張りの綺麗な店舗があり、表のガラス扉には大きな金の文字で〈インペリアルゴールド〉の名前が表示してあった。

スーツ姿の太陽は、自分の身だしなみをしっかり確認すると、さりげなく店舗に入っていった。

店内には洗練されたデザインの洋服姿の若い女性店員2名と、50代と思われる店にマッチした黒いスーツ姿の、見るからに品の良さそうな店長らしき男性の姿があった。

綺麗に磨かれたガラス張りのショーケースには、純金の彫刻や工芸品の数々が整然と陳列されていた。

太陽は半ば驚きを隠せず感心した表情で、

「いや～凄いものですね。こんな見事な純金製の品々は初めて見ましたよ」

近づいて来た店長らしき男性に、こちらの意図を悟られないように馴れ馴れしく話しかけた。

「ところで、これだけ大量の金《きん》製品は、何処かの大手の貴金属店から委託されたものなんでしょうね。とてもこれだけ見事な物を一つの会社で保有するなんて無理でしょうね」

「いや、ここに展示されている純金製の彫刻や工芸品、金《きん》の延べ板は全て当社の物で、委託されている物は何一つありません」

店長らしき男は、毅然とした態度でそう答えた。

「そうですか、イヤ～大したものですね」

太陽は予想外の回答だったことから、思わず笑みがこぼれそうになったが、努めて平静を装いながら、

「イヤ～とてもいい目の保養をさせてもらいました。それではまた」

そう言うと、男性店員が差し出した名刺を素直に受け取り、軽く会釈をしながら店を後にした。

店長らしき男から手渡された名刺には「株式会社インペリアルゴールド店長 木山勇吉」と記されていた。

木山勇吉の話から、店舗に展示されている純金製の品々は全て株式会社インペリアルゴールドの所有物であることにほぼ間違いなく、平蔵の仮差押えは適正な手続きを踏めば問題なく執行出来るとの確信を抱くに至った。

差し押さえ現場では、執行官がその物件が債務者の所有物かどうかの確認

をすることが通例となっている。

もし第三者の委託物であることを看過して差し押さえた場合には、真の所有者から裁判所に第三者異議の申立がなされて、それが認められた場合は、執行の効力がなくなることになるし、その事後処理に煩雑な手続きを踏むことになるからだ。

このようなことが起きないように、高価な品物を委託している業者などは、その物件に所有者の名前を明示したラベルを貼付するとか、ローン返済が終わるまで自動車の車検証に販売会社の所有権を留保する記載をするなど、委託販売の契約の有無を明示するのである。

太陽はインペリアルゴールドが差押えを免れる手段として、金《きん》製品を一旦第三者に売却して所有権を移転したように装った上で、第三者から委託を受けて、店頭販売をする脱法的な方法を取っていたとしたならば、所有者が異なることを理由に、その執行は不能となっただろう。

その点平蔵は、極めて幸運だったと言えよう。

太陽は急いで平蔵に電話を入れて、夕方にも事務所に来るように告げた。

そして事務所を訪れた平蔵に、インペリアルゴールドが経営する金《きん》販売店で見聞きしたことをつぶさに話した。

「それで、俺はこれからどうしたらいい？」

「あの純金製の彫刻や工芸品の所有がインペリアルゴールドにあるとなると、仮差押えが可能になったね。インペリアルゴールドがあの金塊を搬出して何処かに隠さないうちに、今直ぐにでも差し押さえたいね」

「そのためには何を準備したらいいのか教えてよ」

「俺もまさか本当にインペリアルゴールドが大量の金《きん》を所有しているとは思わなかったので、平ちゃんに、今後の手続きについての詳しい説明をしていなかったんだよ。これから詳しく話すね」

「そうしてくれよ」

「まず、本件は損害がはっきりしているので、仮差押え可能な事案となったんだけど、そのためには色々な条件をクリアしないと駄目なんだよ」

「どんな条件なの？」

そこで、太陽は平蔵に向かって、これからの法的手続きについて次のように説明した。

まず仮差押えを執行するためには、損害額を特定した上で、仮差押えの申請をし、裁判所から決定を貰う必要があること。

決定を貰うにあたっては、「民事保全法」の規定により、債権額に見合った保証金を法務局に供託することが条件となっていることを説明した。

「じゃあ、どのくらいの保証金が必要になるの？」

そう尋ねる平蔵に対して、太陽は保証金についての説明を続けた。

事案によって異なるが、保証金の相場は特にはないこと。

通常であれば損害賠償請求金額の20パーセントくらい、例えば請求額が1千万円であれば２００万円くらいとなること。

しかし保証金額は裁判官が決定することになるので、20パーセントというのはあくまでも通例で、正確には幾らとは言えないこと……。

「悪いことをした人の財産を押さえるのに、何で損害を蒙《こうむ》っている俺の方が保証金を用意しなくちゃいけないの？」

「よくある質問だね」

太陽は平蔵の質問に答えて更に説明を続けた。

相手方が間違いなく不法行為者又は債務者であると申立人《もうしたてにん》が信じていても、裁判官には申立人の言い分が本当かどうか確信が持てないこと。

万一仮差押えの申立人が何の権利もないのに証拠を捏造して、これを裁判所に提出し、相手方を債務者や不法行為者に仕立て上げたりして、相手の財産に仮差押えをし、損害を与えることもあり得ることなどを説明した。

「そんなことあるの？」

「あり得るね」

「どんな場合かな？」

太陽は次のような具体的事例を基に説明を行った。

例えば土地建物を第三者に売却して、手付け金を貰った売り主がいたとする。

売買契約書では何年何月何日までに、残金と引き換えに瑕疵《かし》のない所有権移転登記手続きを買い主に対して行うことになっているのが、通常の契約書の内容であること。

その日までに瑕疵《かし》のない完全な所有権移転の登記手続きが決済の日までに出来なかった場合には、売り主は違約金として手付金を買い主に倍返しするとの約束（よく言う手付け倍返し）が、売買契約書の条項に記載されている例が多くなっていること。

そのような条件下で、売り主は登記移転に必要な権利証などの用意を整え、所有権移転を進めるのだが、まだ手続きが完了する前に、その不動産に対して第三者によって違法な仮差押え登記がなされてしまったとする。

買い主との間に取り交わした決済日までに、その仮差押えの抹消登記が出来なければ、売り主は買い主との間に交わした約束通り、ペナルティとして手付金を買い主に倍返ししなければならなくなる。

このような場合に備えて、違法な仮差押えを行った申立人が裁判所に供託した保証金が、売り主である不動産所有者が蒙《こうむ》った損害の担保となる。

「何となく分かったような気がしたよ」

「その他にも濫訴《らんそ》の防止という効果もあるんだよ」

「それはどういう意味なの？」

太陽は更に続けた。

正当な理由もなく債権者を装って、証拠を捏造してまで他人の財産を仮差し押さえようとしている不法行為者がいたとする。

その不法行為者が、違法が発覚しないと思って、供託金を積んで違法な仮差押えを執行したとする。

その後でその不法行為が発覚したら、不当に財産を差し押さえられた人は、自分の蒙《こうむ》った損害賠償として、その供託金を押さえることが出来ることになる。

このように、供託金を仮差押え申請の条件にすることにより、不法行為者が担保として提供した供託金を債権者から損害賠償として押さえられることになるので、これを嫌って、むやみに申立出来ないような制度となっていることなどを説明した。

「なるほどね。裁判所が供託させる理由が分かったような気がしたよ」

「平ちゃんが少なくとも保証金6千万円の損害を実際に蒙《こうむ》っていることは間違いない事実なので、供託金を積んでも仮差押えすべきだね。そうじゃないと一銭も戻ってこないよ」

「分かった。それでそうすればいい？」

「とりあえず6千万円の回収を図ることにしようかね」

「そのためには、供託金はいくら必要になるのかな？」

「さっきも言ったけど、目安は請求額の20パーセント。およそ1千２００万円の現金が必要になるね」

「そんなお金は、どう考えても無理だよ……」

「でも1千２００万円が用意出来れば、インペリアルゴールドの所有する金塊を6千万円分仮差押えして、裁判で勝てば預託している保証金を損害金として全額回収することが可能になるんだけどね」

「そっか……」

「念のために言っておくけど、供託金は裁判に勝つか又は和解で解決したような場合には全額取り戻せるから、心配ないんだよ」

太陽は直ちに平蔵の蒙《こうむ》った損害金の確定の計算を行った。

損害金である債権が特定しないと、裁判所に申し立てる仮差押えの必要記載事項である請求債権目録の要件を欠くことになり、裁判所に受理してもらえないからである。

太陽はこの事件は平蔵の損害額を特定する証拠が、大きなカギを握っていると確信していたので、予め録音によってこのための証拠保全を図っていたのである。

インペリアルゴールドとの間で行っていた電話での録音を反訳して今回平蔵が委託した金《きん》取引の金額を整理すると次のようになった。

昭和54年5月24日に1グラム1千985円で純金100キログラムを1億9千850万円で買付たものを、同年11月13日に1グラム3千432円の相場で手仕舞し売付た場合、その金額は3億4千320万円となる。

又、同年6月1日に1グラム2千130円で200キログラムを4億2千600万円で買付たものを、同じく同年11月13日に1グラム3千432円で手仕舞し売付た場合、その金額は6億8千640万円となる。

それぞれの売付金額、3億4千320万円と6億8千640万円の合計額は10億2千960万円という膨大な金額となった。

この金額からそれぞれの買付金額である1億9千850万円と4億2千600万円の合計、6億2千450万円を控除すると、利益額は4億510万円にも上った。

買付、売付往復の取引諸経費としてインペリアルゴールドに1キログラムにつき各3万円支払う必要があるので、300キログラム分の900万円が利益から控除されると残金は3億9千610万円となる。

更にこの取引諸経費とは別に規約によれば、買付時及び売付時の成約代金のそれぞれ2パーセントを成約手数料としてインペリアルゴールドが支払うことになっている。

100キログラムの買付金額である1億9千850万円の2パーセントが397万円、200キログラムの買付金額である4億2600万円の2パーセントが852万円となり、買付で発生した成約手数料は、合計で1千249万円となる。

更に合わせて300キログラムの金《きん》の売付金額である10億2千960万円の2パーセントは2千59万2千円となり、買付と売付の成約手数料を合計すると3千308万2千円となる。

この金額を残金の3億9千610万円から控除すると、平蔵が受け取るべき益金は、3億6千301万8千円となった。

その他預け入れている保証金は6千万円であるから、これの返還も受けることになると、結局平蔵の蒙《こうむ》った確定損害額は逸失利益と保証金返還分などを含めて全額で4億2千301万8千円の巨額に上った。

インペリアルゴールドの店舗にあった純金の彫刻などの金塊類は時価20億円は下らないと思われ、保証金さえ工面出来れば平蔵の蒙《こうむ》った全損害を回収するには、十分過ぎるほどの担保価値があった。

ここで太陽が悩んだのは、平蔵の損害額の全額4億2千301万8千円で仮差押えの申請をするには、この金額の約20パーセントに当たる8千500万円近くの膨大な保証金を捻出する必要があったからである。

この金額の工面は、今の平蔵には到底不可能なことだと思われた。

そこで太陽は、300キログラムにも及ぶ金《きん》の取引によって本来手に出来た利益である3億6千301万8千円は諦め、インペリアルゴールドに預けた委託保証金6千万円の実損だけでも取り戻すことに的を絞ることにしたのである。

平蔵も保証金さえ戻れば、それ以上は望まないと言明した。

今回の闘いの的が絞れたところで、平蔵は太陽に尋ねた。

「太ちゃんの弁護士費用はいくらぐらいかかり、どのようにして払えばいいの？」

「出来れば着手金5パーセントと報酬5パーセント、合わせて回収額の10パーセントはいただきたいところだね」

「着手金は直ぐにでも払わなければいけないの？」

「今直ぐ着手金を払ってもらうのは、平ちゃんの資力の関係から到底無理なことは分かっているから、損害金を回収出来た時点でまとめて貰うということにするよ。それでいいかな？」

「本当にそれでいいの？　もし回収出来なかったらどうするの？」

「もし回収出来なかったら、報酬は一銭も要らないよ。その代わり交通費や日当などの実費は貰うよ」

「分かった、ありがとう」

太陽は請求債権額が確定したことにより、仮差押えの手続きに一刻の猶予も許されないところから、直ちに仮差押えの申立書の作成に取り掛かることにした。

そして太陽は平蔵に対して、出来る限り仮差押えの債権額6千万円の20パーセントに相当する供託金、1千200万円を至急揃えるように要請した。

11月17日土曜日、太陽は休みを返上して、自分より遥かに綺麗な字を書く新人の事務員、23歳の島中真二郎に口述筆記させ、動産である金塊を差し押さえるための「有体動産仮差押申立書」を完成させた。

弁護士志望の島中は、琉球大学を卒業したばかりの有能な青年であり、司法試験の勉強中であった。

ここでもう一つ問題があった。仮差押えの申立を何処の裁判所で行うのか、即ち裁判所の管轄の問題である。

法律上は債務者会社の本店所在地か、又は債権者の住所地を管轄する地方裁判所のいずれかに申し立てることが可能であった。

太陽は早く決定が下りる裁判所は、インペリアルゴールドの本社所在地である名古屋地方裁判所であるとの見通しを立てた。

東京地方裁判所では申立件数も多い上に、名古屋ほど本件の金《きん》の不正取引に関する情報を持っておらず、決定が数日ずれこむと考えられたからである。仮差押えは一日遅れただけで執行不能となり致命的になることもあり、一刻の猶予も許されなかった。

準備を整えた太陽は、平蔵に電話を入れた。

「平ちゃん、直ちに仮差押えの申立を名古屋地方裁判所に行うことにして、その準備も出来たんだけど、保証金の用意は出来たの？」

「実はまだなんだ。なんせ1千200万円だろ。なかなか厳しくてね。どうなるかまるで分からないな」

「それではこうしようか。幾らでもいいので、用意出来るだけかき集めてくれないかな。保証金額に応じてその債権額も決まり、金塊の仮差押えの範囲も決まってくるから多いにこしたことはないけど、悠長なことは言ってられないからね」

「どれだけ保証金が準備出来るかによって、押さえる金塊の量が決まるということだったよね？」

「俺の希望としては、何とか3千万円分の金塊は押さえたいところだね。そのための保証金の目安としては、20パーセントの600万円は必要になるね」

「うーん難しいけど、何とか頑張ってみるよ」

「時間との勝負だからね。保証金の準備が遅れると、インペリアルゴールドがこっちの動きを察して、店舗の金塊を引き上げて何処かに隠す可能性もあるから、そうなると仮差押えが不発になることもあり得るからそのつもりでね」

「それじゃあ600万円の保証金で3千万円分の金が押さえることが出来たとして、残りの3千万円はどうなるのかな？」

「インペリアルゴールドとしては仮差押えで押さえきれず残された金塊を、更に追加申請されて押さえられては大変だと思い、急いで何処か分からない場所に隠すことは十分考えられるね」

「それじゃあとの3千万円の回収は無理な公算が強いということかな？」

「そう思ってもらっていいだろうね。そうは言っても、もし600万円の保証金が直ぐに追加出来れば、急いで再度仮差押えの決定を貰い残りの3千万円分の金塊も押さえよう。期待は出来ないけど、全く無理とは言い切れないからね」

「急いで600万円を作るから、仮差押えの準備を頼むよ」

「分かった。とりあえず債権額のうち3千万円分に対してだけでも至急押さえよう。決定が出ても保証金を納めないと執行が出来ないので、やむを得ない選択だね。明後日の11月19日月曜日の午後5時までに、現金で600万円、事務所まで持って来て欲しいんだけど」

「繰り返しになるけど、保証金をあと600万円用意出来れば残りの3千万円分は後でも押さえられるんだよね？」

「余程のことがない限りそれは難しいと思っていた方がいいね。インペリアルゴールドは金《きん》製品を一回でも押さえられたら、警戒してその日のうちに残りの金塊を急いで他の場所に隠すか、闇のブローカーに廉価で売却するか、いずれかの方法で店舗から搬出することになるからね。平ちゃん、今はそこまで考えずに、まず3千万円分を押さえることに全力を尽くそうよ」

「分かった。それじゃ11月19日、月曜日の午後5時までに、何とか現金を用意して持って行くので、よろしく頼むね」

平蔵は約束通り、2日後の月曜日午後5時頃、新宿御苑前の事務所に難しい顔をしてやって来た。

「いやー参ったよ。融資を受けるのに時間がかかっちゃって。やっと600万円だけ確保出来たよ……」

第6章

平蔵から600万円の現金を受け取った太陽は、一刻も早く仮差押えの決定を取るべく、翌11月20日火曜日早朝、書類一式を揃えて、過労のため38度を超える熱があったが、朝一番の新幹線に乗り、名古屋地方裁判所に向かった。

朝一番での仮差押えの申立のため、待たされることも、裁判官から何の質問も受けることもなく、思ったより簡単に予想通り600万円の保証金で債権額3千万円の仮差押えの決定が裁判所から下りた。

太陽はその足で法務局に回り、既に用意して来た現金600万円を供託し、直ちに供託書を裁判所に提出して、決定書の交付を受け東京に戻った。

その日のうちに執行に必要な書類を作成した太陽は、東京地方裁判所の執行部に、動産である金塊の所在地である新宿の住野ビルディング地下1階を明示した仮差押えの執行申立を行った。

担当執行官に緊急性を訴えて、翌日早朝に執行してもらえることになった。執行官との約束は11月21日水曜日の午前10時、執行場所である住野ビルディング地下1階の店舗前で待ち合わせすることになった。

太陽にはその間にやらなければならない大事なことがあった。

家屋明け渡しの執行や、貴金属などの高価な動産の仮差押えの執行を現場で行うときに、債務者や会社などの関係者が、執行官の執行を実力行使などで阻止し、執行不能に陥らせることもある。

代理人弁護士としてはこのような事態に備え、、執行を円滑に進めるために依頼者の費用で民間の執行立ち会いを業としている民間業者に、ガードマン兼差押え物の運搬係として数名お願いする必要があった。

太陽は本件と似たような事件で数度依頼したことがあった業者に連絡し、

翌朝の執行立ち会いを依頼した。

　太陽は手配した立会人3名と執行当日早めに住野ビルディングの近くで待ち合わせをし、簡単に打ち合わせをした後、現場の店舗に向かった。

　執行官は既に店舗前に到着して待機中であった。

　太陽は執行官と立会人を同行して、店舗内に入った。

　いよいよ金《きん》の差し押さえである。

　執行官は店長の名前が木山勇吉であることを確認した上で、執行官の身分証明書と仮差押え決定書を提示した。

「株式会社インペリアルゴールドに間違いないですね。これらの金《きん》はインペリアルゴールドの所有と聞いていますが、間違いないですか」

「はい間違いありません」

「これから裁判所において店舗内にある金《きん》製品の仮差押えを3千万円分行います。従業員の皆さんは私の指示に従ってください」

　店長の木山は突然のことに緊張の面持ちで立ち尽くしたままであった。

執行官は店長・木山勇吉に向かって、

「仮差押えの対象の純金の価格は、昭和54年11月13日火曜日に手仕舞した1グラム3千432円の割合で計算することにします。それでは、その割合で3千万円に達するまで、即ち3千万円を、1グラム3千432円で除すると何キログラム押さえたらよいかが分かります」

執行官は予め太陽から金《きん》の仮差押えと告げられていたので、天秤を用意して来ていた。

電卓で素早く計算し、

「約8・741キログラムまで差し押さえることになりますね」

太陽は執行官に尋ねた。

「ここには金《きん》の延べ板のほかに色々な純金製の彫刻品や工芸品があり、それぞれ売却の時価は変わりますが、どのような基準で押さえるのですか？」

執行官の答えは明確であった。

「金《きん》製品等の時価には関係なく、全て目方、即ち重量で計算します」

これを聞いた太陽は、店舗入り口付近のケースに陳列されていた山に積まれた1キログラムの金《きん》の延べ板には目もくれず、まず純金製の鶴、算盤・仏像といった彫刻や工芸品など、時価の高そうな金《きん》製品から順次押さえてもらうことにした。

勝訴して競売になったときには、金《きん》の延べ板よりも高価に落札されると思ったからである。

「それでは、只今より執行に入ります。債権者代理人は、何か意見がありますか？」

太陽はガラス張りのケース内に陳列されている純金製の品々をじっくり見た上で、細工がきめ細かく精巧に彫刻された何点かに目星をつけ、ガラスケースの上から執行官に指し示した。

すると執行官は店長に向かって、

「今、債権者代理人が指摘した金《きん》製品を、ケースの上に並べてください。それぞれの重量を計ります」

「はい分かりました」

店長・木山勇吉は女性従業員に向かって、ガラスケースの鍵を開けて太陽が示した純金製の作品をケース上に並べるように指示した。

太陽は、目の前で燦然《さんぜん》と輝いている見事な金塊を眺めながら、今後自分が扱うであろうどのような差押えの現場でも、これ以上の価値ある動産に対する執行はまずあり得ないだろう、こんなことは恐らく一生に一度だろうと考えていた。

執行官が並べられた純金製の品々を次々と天秤に乗せ、重量を計り始めた。この瞬間が太陽にとって、最も緊張する時間であった。

金《きん》の彫刻や工芸品の重量は1点1～2キログラムのものが多く、合計8・741キログラムに若干足りない分は、重量の少ない金《きん》の延べ板で調整した。

店長は執行が始まる前にインペリアルゴールド本社の社長らに電話連絡をしていたようであるが、執行が終わるまで何ら妨害行為はなかった。

恐らく勝ち目はないと観念したからではないかと思われた。

全ての執行が終わると、執行官は、債権者代理人弁護士である太陽と、債務者側の店長に執行の明細を書いた調書に間違いないかの署名を求めたので、双方で確認した上で署名を済ませた。

太陽はこの執行が完了したことにより、本訴裁判で3千万円の損賠賠償請求に勝訴し、全額回収出来るとの確信を持った。

執行が完了した金《きん》製品は執行官が持ち帰り、裁判が決着するまで裁判所の金庫に厳重に保管されることになった。

しかしながら太陽は、この執行が終わっても、にわかには喜ぶことが出来なかった。

3千万円の金《きん》の仮差押えの執行後も、ガラスケースの中に残された金塊は、時価にして10億円を遥かに上回ることは間違いないと思われ、平蔵がもし保証金をあと600万円準備出来ていれば、もう3千万円分を仮差押え、合わせて6千万円の損害金を回収出来ることは十分可能だったからである。

インペリアルゴールドは恐らく、今朝の執行完了後直ちに再度の仮差押えに備えて、その日のうちに残された金塊を住野ビルディングの店舗から他に移動させ、隠匿を図ることは十分に予想された。

翌11月22日木曜日の早朝、太陽が住野ビルディングの地下店舗に赴いたところ、案の定シャッターが降ろされ、「都合により閉店」との貼り紙がなされていた。

店舗内のガラスケースは、すっかり空になっていたのである。

インペリアルゴールドが幹部たちを動員し、夜を徹して金塊の搬出に及んだことは間違いなかった。

太陽としては、隠匿された場所を早急に捜し出し、残りの3千万円分につき、仮差押えをする必要があった。

そのためには……そのとき太陽は、平蔵を勧誘した外務員の人見金八が隠匿場所に何か心当たりがあるのではないかと閃めいた。

そして直ぐに平蔵と連絡を取り、直ちに人見金八を事務所に連れて来るように要請したのだった。

神妙な顔つきで平蔵と一緒にやって来た人見金八に対して、太陽はこれまでの経緯を説明し、こう切り出した。

「人見さん、安倍さんのために教えてもらいたいことがあるんですが」

「安倍さんには大変ご迷惑をお掛けしていますので、何でもおっしゃってください」

人見は恐縮しており、協力を約束してくれた。

「それじゃあ、社長や幹部たちが名古屋から上京したとき、何処に宿泊するか知っていますか？」

「私が知る限りでは、都内にマンションを3か所借りていると聞いています」

「それは何処だか分かりますか？」

「行ったことはありませんが、社長専用のマンションは、千田区永田町にある〈P・ワイヤル〉という名前だと聞いたことがあります」

「どんなマンションと聞いていますか？」

「部屋は7階にあり広くて豪華な造りで、家賃も相当高く月額70万円くらいと聞いています。国会議事堂から徒歩2～3分という都心の一等地ですから、大物政治家や各界の著名人が所有するか借りているかで出入りは厳重にチェックされていて、簡単に入ることは難しいと聞いています」

「どのようなシステムになっているんですか？」

「玄関入口には守衛が常駐し、本人確認をした上でなければ中には入れないシステムになっているそうです」

「金《きん》を運び込んだ場所は、そのマンションにまず間違いないな。参考になる情報を提供してくれてどうも有難う」

太陽は人見に礼を述べ、直ちにP・ワイヤルの調査を探偵の秋山源蔵に依頼した。

自衛隊をやめて興信所を経営している腕の良い屈強な探偵である秋山源蔵は、太陽にとって日大の先輩にあたり、頼りになる存在だった。

秋山の調査によれば、P・ワイヤルは2年前に建設されたまだ新しい11階建ての高級マンションで、部屋数は全部で57。

大卒者の初任給が11万円の時代にあって、購入するとなると1戸1億円以上はするという〝スーパー億ション〟であった。

秋山から所在地を知らされた太陽は、間髪を容れず現地に向かった。

11月23日金曜日午後5時頃、永田町P・ワイヤルに到着。

既に日が暮れかかっていたが、1階の玄関内の守衛室にはまだ、制服姿の守衛2名が人の出入りのチェックのため座っていた。

「インペリアルゴールドの東金昇造さんは部屋におられますか？」

太陽は守衛室の窓ガラスをノックし、守衛に向かって声をかけた。

「いや、東金社長なら1時間ぐらい前に外出しましたよ」

「そうですか。私はこういう者ですが、ちょっとお尋ねしたいことがあるのですが……」

太陽は守衛に弁護士の名刺を差し出した。

「どういうことですか？」

「実はインペリアルゴールドの東金昇造さんのことで調査しているのですが、

昨日から今日にかけて東金さんに特に変わったことはありませんでしたか？」

「特に変わったことはありませんでしたよ。そうそう、そう言えば今朝の10時頃に、東金さんが社員らしい人と数名で来て、マンション内に運びたい物があるのだが鍵を紛失したので合鍵を貸してもらいたいと言われたので、守衛室の合鍵をお貸ししました」

「それでどうしましたか？」

「何だか重たそうな段ボール箱を幾つも何人かで運び入れていましたね。そんなことはよくあることなので、特に気にもしませんでしたが……それがどうかしましたか？」

「いや特にはないのですが、どのくらいの時間で出ていきましたか？」

「そうですね。30分もいませんでしたね。ただ合鍵の返却を求めましたら、我々警備員が帰った後に又来るので、明日まで預からせて欲しいとのことでした」

太陽はこの話を聞いて、東金昇造が間違いなく、段ボール箱に詰めた大量の金塊を、住野ビルディングの店舗からこのマンションに搬入したとの確信を持った。

鍵を紛失したと言ったのは口実であって、太陽たちがこのマンションを何らかの方法を使って短時間で割り出し、守衛から鍵を借り出して、部屋に押し入るのを恐れたためと思われた。

守衛たちが帰宅した後、深夜から未明にかけて、東金昇造らがこのマンションの部屋に隠した金塊を引き上げに来ることは十分予測出来た。

それを阻止するためには、一刻も早くマンションの前で見張りを開始し、監視する必要があった。

太陽は平蔵に直ちに連絡を取り、P・ワイヤルの所在を詳しく説明した。

「平ちゃんは車を用意して探偵の秋山さんと合流し、急いでマンションの前に来てくれ。そして、東金昇造をはじめインペリアルゴールドの関係者が出入りしないか、車の中で見張ってくれないか」

「もし東金社長たちが引き上げに来たらどうしたらいいの？」

「どんな手段を使ってでも、絶対に金塊を持ち出させては駄目だよ。他所《よそ》に隠されたら、こちらが蒙《こうむ》った損害の回収はまず不可能になるからね」

平蔵は太陽の言わんとしていることを直ぐに理解し、

「分かった。言う通りにするよ」

そう答える平蔵に太陽は訊《き》いた。

「ところで平ちゃん、東金昇造の顔は分かるの？」

「会ったことはないけど、社長の顔はパンフレットの写真で知っているので、それは大丈夫だと思うよ。でも本当に引き上げに来るかね？」

「間違いないと思うよ」

「どうしてそう思うの？」

「既に執行された仮差押えで、一部の金《きん》製品が店舗から押収されているので、残った金塊も直ぐに仮差押えされる危険性が十分にあるという緊迫感から、誰にも分からない秘密の場所に移動させることは、十分考えられたからね」

「もし東金社長が来たとして、太陽にどう連絡を取ったらいいの？」

「東金昇造は恐らく自動車で社員何人かと来ると思うから、奴らがマンションに入ったらすぐに近くの公衆電話から俺の事務所に電話くれないか」

「来たのが深夜だったら、どうしたらいいの？」

「俺は服を着たまま事務所のソファで横になっている。電話を受け次第直ぐにタクシーで駆けつけるから、心配要らないよ」

「どのくらいの時間で来られそうかな？」

「永田町は新宿御苑の事務所からそう遠くないから、タクシーが早く拾えれば20分もかからないと思うよ。俺が行くまでは、どんなことをしてでも金塊の搬出を阻止してくれよ」

どんな手段を使ってでも搬出を阻止するようにと太陽が念を押したのは、学生時代ボクシングの選手であった平蔵が今でも腕っぷしには自信を持っており、東金昇造らが数人で搬出しようとしても、それを阻止することはそう難しくないだろうと考えたからに他ならない。

インペリアルゴールドが金塊を隠匿しようとする行為は、強制執行を不正に免れる違法行為、即ち刑法の「強制執行不正免脱罪」に当たり、平蔵がこれを阻止することは、やり過ぎてもせいぜい「過剰防衛」程度で済まされるであろうと判断したからだった。

第7章

11月24日土曜日、午前2時頃であっただろうか、突然青空法律事務所の机上の電話が鳴り響いた。

ソファーで横になっていた太陽は、浅い眠りから目覚めて飛び起きると、急いで受話器を取った。

「もしもし！」

聞こえて来た公衆電話の声は、探偵の秋山源蔵だった。

「どうした！　来たか？」

太陽は大声で尋ねた。

「社長が来ました！　社員らしき者2名と乗用車で乗りつけ、マンションに入っていきました。読み通り、金《きん》を引き上げに来たようです」

「平蔵はどうしていますか？」

「安倍さんは車の中で待機して、社長たちが出て来ないか見張っています。このあとどうしたらいいですか？」

「分かりました至急向かいます。ただ秋山さんは当事者ではないので、傍観するだけで絶対手出しはしないように。あとは安倍さんに任せておけば大丈夫ですよ」

そう言って電話を切り、急いで事務所を飛び出した太陽は、深夜の新宿通りでやっと拾えたタクシーに乗り現場に急行した。

インペリアルゴールドによる金《きん》の運び出しを阻止しようとした平蔵が、東金社長らに暴行を加えて警察沙汰になるかもしれない事態を想定していた太陽は、その準備を怠っていなかった。

そうなった場合には警察で平蔵の行為の正当性を訴えるため、刑法96条2項の「強制執行不正免脱罪」の解説書のコピーと、金《きん》の取引で被害を蒙《こうむ》った客が多数出ていて社会問題化しているという記事が掲載されている週刊誌をカバンに入れ、ぬかりなく現場に向かったのである。

太陽が予想した通り、現場に到着した頃には既に警察沙汰になっており、P・ワイヤルの前では、探偵の秋山源蔵とインペリアルゴールドの社員らしき者2名が、突然の事態にその意味を呑み込めず、茫然とした顔で立ち尽くしていた。

太陽がタクシーから降りると、探偵の秋山が走り寄って来た。

「先生、大変です！　パトカーが来て、安倍さんとインペリアルゴールドの社長が警察に連れて行かれました」

「どうしてそうなったの？」

「安倍さんが見張っていたら、社長と社員らが重そうな段ボール箱を何箱か抱えてマンションから出て来たんですよ」

「それでどうなった？」

「安倍さんは車から出てつかつかと歩み寄ると、いきなり社長の顔面を殴って、眼鏡を吹っ飛ばしたんです。そして彼らが抱えていた段ボール箱を奪い取ると、次々とＰ・ワイヤルの前の車道に放り投げたんですよ」

「それで？」

「いやー驚きましたよ。箱からは金《きん》の茶釜なんかの彫刻品や金《きん》の延べ板なんかが飛び出して、車道に散乱しました。深夜でしたので通行人はおらず、騒ぎを聞きつけたマンションの住人が数人出て来て、何事が起きたのかと、驚いた顔をして見ていました」

「あなたはどうしていたの？」

「私は先生に言われていたので、手を出さずにただ立っていました」

「それで良かったよ。それからどうなったの？」

「驚いた社員のひとりが公衆電話に走って１１０番をしたんです。何分かしてパトカーが駆けつけ、警察官が数名で安倍さんや社長たちを取り巻きました。警察官も車道上に大量の金塊が散乱していたので、何が起きたのかと暫くあっけにとられていました」

太陽が秋山源蔵から聞きとったいきさつは、おおよそ次のようなものだった。

駆けつけた警察官は、インペリアルゴールドの社長・東金昇造が顔から出血しており、壊れた眼鏡を握りしめていたので、「一体どうしました？」と訊《き》いた。

東金昇造は出血している顔にハンカチを押し当てながら、「実は、知らないこの男がいきなり私の顔を殴ってきて、金《きん》の入った段ボール箱を奪って車道に投げ捨てたんですよ」と答えた。

すると警察官は、今度は平蔵に対して「どうしてこんなことをしたんだ？」と質問した。

平蔵は「実は、この男は金《きん》取引の詐欺犯で、私は何千万円も騙し取られたんです」と警察官に訴えた。

これを聞いた警察官は、「それと、これとはどう関係するの？」と更に事情を聞いてきた。。

平蔵は、「この男はインペリアルゴールドと言う会社の社長で、金《きん》取引で大勢の人から騙し取ったお金で、金《きん》を大量に買い込んで、このマンションに隠していたんです。そして隠していた金《きん》を他所《よそ》に移すために引き上げに来たんです。私は依頼している弁護士から、会社が金《きん》を持ち出そうとしたら、何としてでも搬出を阻止しろと言われていたので、このような行動をとったのです」と答えていたとのことであった。

太陽としてみれば、金塊を持ち出そうとしたインペリアルゴールドを平蔵が実力を行使して阻止したこの行為が、結果的には効を奏したと言っても過言ではなかった。

太陽は探偵の秋山源蔵に確認した。

「警察官は安倍さんを、傷害罪でその場で現行犯逮捕しなかったの？」

「傷害罪の疑いで安倍さんには警察署に来てもらうと警察官は言っていました。そして社長に向かっても、車道に散らばっている金《きん》を一旦拾い集めて、元あったマンションの部屋に戻し、段ボール箱に入れる前の状態にしておきなさいと指示していました」

「それで東金社長は、警察官に何と言っていましたか？」

「社長は警察官に向かって、『実はこの金《きん》は大阪の貴金属商に売却することになっており、貴金属商もこの近くに車で待機しているからそちらに引き渡しても構わないか？』と言いました。しかし警察官は、『どうも訳ありのものらしいから、ひとまず部屋に戻して、元の状態にしておきなさい』と、繰り返しました。そして社長に、『あなたは傷害の被害者でもあるので、一緒に署まで同行してください』と言いました。社長はしぶしぶ社員と一緒に金《きん》を拾い集めて、元の部屋に戻しに行きましたよ」

パトカーは平蔵と東金社長が乗るといっぱいになったため、探偵の秋山とインペリアルゴールドの2人の社員は、そのまま現場に残されたとのことであった。

太陽はとりあえず秋山源蔵を帰宅させると、急いで管轄の麹町警察署に向かった。

警察署内では突然の事件であり、数名の刑事によって安倍平蔵と東金昇造、2人の事情聴取が始まっていたところであった。

「傷害の罪と眼鏡に対する器物損壊の罪にあたると思うが、被害届を出しますか？」

刑事からそう問われている東金昇造は、かなり興奮している様子だった。東金が被害届を出せば、平蔵は直ちに逮捕されてもおかしくない状況であったため、太陽は割って入った。

「刑事さんちょっと待ってください。私の話も聞いてくれませんか」

「弁護士さん何か事情がありそうですね。どうぞお話しください」

太陽は、今回平蔵が取った行為がやむを得ないものであったことを刑事に理解をしてもらい、その立場が有利になるように、平蔵がインペリアルゴールドの金《きん》の取引で詐欺に合い、何千万円にも及ぶ莫大な金を騙し取られた被害者であることなど、その経緯につき縷々《るる》と説明した。

自分は安倍平蔵から損害賠償請求を受任し、代理人弁護士として裁判所の決定を受け、金塊の一部を押さえている。

インペリアルゴールドの社長である東金昇造は、外務員を使って金《きん》の投資を持ちかけ、正式な取引を装って多数の客を騙し、手に入れた現金で大量の金《きん》の地金や純金製の工芸品を買い込んだ。

それらを賃借している住野ビルディング地下店舗内において販売して不当な利益を上げている〝詐欺犯〟である。

自分は安倍平蔵の代理人として、数日前に店舗内の金《きん》を裁判所の決定を貰って仮差押えしたが、裁判所の保証（供託）金も多額なので一部しか用意できず、金《きん》製品の一部しか押さえることが出来なかった。

そこで再度保証金を作って金《きん》を押さえようとしたが、一晩で既に全ての金塊が持ち出され、店舗内は空っぽになり閉鎖されていた。

社員の告白で、金《きん》の隠し場所であるマンションを突きとめることが出来た。

金塊がマンションから持ち出され再度他所《よそ》に隠されるか処分された場合には、損害の回収は不可能となることは必至である。

そこで自分は、安倍平蔵にインペリアルゴールドの金塊持ち出しを何としても阻止しろとあらかじめ伝えおいた。

東金昇造が金《きん》の差し押さえを免れるためにこれを他所に隠匿する行為は、債権者を保護するために規定された刑法96条の2項に「強制執行を免れる目的を以て財産を隠匿・・・したる者は2年以下の懲役又は罰金に処す」と規定された「強制執行不正免脱罪」に該当するものと思われ、この強制執行には仮差押えの執行も含まれている。

現に東金昇造は、隠匿した金塊を売却するため、マンション近くにブローカーの車を待機させていたようであるから、売却されたら損害金の回収は不可能になり、安倍平蔵が多額の損害を蒙《こうむ》ることは必至であった。

今回、搬出を阻止した安倍平蔵の行為は、刑法36条1項の正当防衛である「急迫不正の侵害に対し自己・・・の権利を防衛するため已むことを得ざるに出でたる行為はこれを罰せず」に該当する。

即ちこの規定の趣旨は、切迫した不法な侵害行為に当面して、権利を防衛するために、官憲の保護を求めるいとまのない場合に、私人が実力行動で侵害を排除する行為につき、それが通常の事情の下においては暴行、傷害など犯罪を構成するものであっても、罪とならないことを明らかにした規定であるから「正当防衛」に該当し、犯罪にはならないと思われる……。

平蔵の行為は、実際には刑法36条2項の過剰防衛である「防衛の程度を超えたる行為は情状により其刑を減刑又は免除することを得」に当たるかもしれないと思いつつも、太陽は用意してきた刑法の解説書の写しと、インペリアルゴールドの悪徳商法が社会問題となっているという記事の載った週刊誌を刑事に示した。

平蔵の傷害行為が、真に正当防衛や過剰防衛の条文に該当するのかどうか、解釈上一抹の不安があったものの、平蔵の権利を護るためには、このように説明する以外に術はなかったのである。

刑事らは太陽が持参した解説書などに目を通し、しばし思案していた。

その間太陽は、側でこの話に耳を傾けていた東金昇造に向かって、

「あなたのしていることは、反社会性のある行為として許されることではない。あのおびただしい金塊は客から騙し取ったお金で買ったことに間違いないだろう。そうでないと言うなら、その証拠はあるのか？」

と詰問したところ、押し黙ったままであった。

「もしあなたが被害届を出すというのであれば、私はこの場で各新聞社、テレビ局などマスコミに訴え、麴町警察署に記者を集めて、事実を公表するが、それでもいいいか」

太陽が強い口調でそう言うと、東金昇造は観念した様子で、

「分かりました。被害届は出さないことにします」

誰に言うともなしにそう小声で答えた。

それを聞いた刑事が、この事件の非は東金昇造にあると判断し、平蔵に同情的になったことは明らかであった。

そして刑事はこう告げた。

「社長が被害届を出さないということであれば、刑事事件にしませんので、

〈民民《みんみん》〉と言うことで、弁護士さんと社長とで話し合って何とか解決してください。今日はこれで皆さん、お引き取りいただいても結構です」

第8章

太陽と平蔵、東金昇造は一緒に麹町警察署を出て、とりあえず永田町のマンションの部屋に戻り話し合うことになった。

平蔵を同席させると、話の進み具合によっては又暴力沙汰になることも懸念されたため平蔵を帰宅させ、太陽と東金昇造のみがマンション内の部屋に戻ることになった。

東金昇造の案内でマンション7階の一室に通された太陽は、その豪華さと広さにまず驚かされた。

そして部屋の中央に無造作に積まれた燦然《さんぜん》と輝く純金の山に、目が眩むようであった。

〔このような光景は、これからの弁護士生活の中で一生かかってもお目にかかれないであろう……〕

太陽は金塊を目の当たりにして改めてそう実感した。

山のように積まれた純金は、見事な彫刻や細工が施された布袋像や金《きん》の茶釜などの工芸品がほとんどであり、その資産価値が如何ほどのものであるかは、計り知ることが出来なかった。

太陽は気を取り直し、東金昇造と1対1の深夜交渉に取り掛かった。

東金は37歳の太陽よりも10歳くらい年上に見えた。体格も頑健で強そうではあったが、腕に自信もあり事件的にも優越的立場にあった太陽は、何の不安も感じていなかった。

探偵の秋山源蔵の報告書によれば、東金は川で捕った蜆を売って家計を助けるような貧しい少年時代を送った男なのだという。

そんな貧しい境遇からのし上がった人物特有のギラギラしたものを感じながら、太陽は東金昇造と対峙した。

「社長、やりかたがフェアじゃないね」

「何でですか、私はそんな悪いことしていませんよ」

「あんたよくそんなことが言えるね。安倍さんや、他のお客から騙し取った多額のお金でゴールドを大量に買い込んで、それを一流ビルの地下店舗で一般客に販売して、更にお金を儲けようとするなんて、あくどいでしょ。その上ビルの店舗の金《きん》の一部の仮差押えを受け、執行官に搬出されて裁判所の金庫に保管されたのを知った上で、再度店舗内に残された他の金《きん》製品が、更に追加して差押えられたら大変なことになると思い、その日のうちに店舗のシャッターを降ろして閉鎖し、残った金《きん》を全てこのマンションに運び込んで隠匿したではないか。いずれにしても、私の依頼者である安倍平蔵が蒙《こうむ》った損害金に対してどう賠償するつもりか、聞かせてもらいましょうか」

「どうしたらいいですか」

「既に3千万円分の金は押さえているので、その他の損害金をここにある金塊で返してもらう以外に方法はないでしょうね」

図星の指摘に観念した東金昇造は、太陽に向かって、

「分かりました。じゃ、あと幾らぐらいの金《きん》を渡せばいいのですか」

「そうですね。とりあえず取引で上げた莫大な利益分は免除するとしても、実損と弁護費用だけは支払ってもらいますよ」

「幾らぐらいになりますか」

「まず保証金としてインペリアルゴールドに預けた総額6千万円の保証金と裁判に掛かった弁護費用として500万円、合計6千500万円ですね。ここから既に3千万円分については仮差押えで確保してあるので、この金額を控除するとあと3千500万円分と言うところだね」

「利益分を免除してもらえるのであれば、おっしゃる通りにしますが、金《きん》はいつお渡ししたらいいのですか」

「それは今日この場で3千500万円分を貰っていきますよ。但し金《きん》の量は

損害金より多目に貰いますよ」

「どうしてですか？」

「金はその価格が毎日変動しますよね。換金するときに、価格が下落していることもあり得ますので、その補償の意味もあります」

「ところで、仮差押えで裁判所に保管中の3千万円分の金《きん》はどうなりますか？」

「約束を守ってくれれば仮差押えを取り下げますので、裁判所に私と一緒に行って受け取ってください」

「今日はこの場で何キロ渡せばいいですか」

「そうですね、安倍さんが手仕舞したときの金額が1グラム3千432円として3千500万円分では約10・2キログラムになるかな。今日はとりあえず11キログラム預かります」

「やむを得ませんね。それで結構です」

東金昇造は近くにあった秤《はかり》を持ってくると、太陽が見ている前で、約11キログラム分の金塊を計った。

「でもどうやって運ぶのですか。かなりの量と重さですよ」

「そこにある段ボールに入れてタクシーで運びますよ」

「11キロとなると、とても重くてタクシーの通る大通りまで運ぶのは無理ですよ」

なるほど東金昇造の言うのももっともだと思い、しばし思案した。

その結果、段ボール2箱に金《きん》を詰め、1箱を太陽が抱え、もう1箱は東金昇造に手伝わせてマンションの玄関前まで降ろし、そこにタクシーを呼ぶことにした。

もし玄関に段ボールを置いたまま、太陽が大通りに出てタクシーを拾うとなると、深夜でもあり、かなりの時間を要することになる。

その間に東金昇造の気が変わり、部屋に段ボール箱を戻して鍵を掛けて逃げ、後で舞い戻って持ち出されることも十分あり得ると考えた。

そのようなことになったとしたら、今までの苦労が水泡に帰す事態にもなりかねない。

そこで太陽は、東金昇造にタクシーを拾いに大通りに行ってもらい、東金が戻って来る間、金塊の入った段ボール箱の番をすることにした。

「社長、悪いけど私が番をしているから、タクシーを拾って来てくださいよ」

「エッ！　私がですか」

「当然でしょ。私の立場からして、あなたにこの金塊の番を任せる訳にはいかないでしょ」

「ところで、先生がタクシーで何所かに搬送する事になるのでしょうが、仮差押えされた金《きん》とこの段ボール箱の中の金《きん》は、搬送された後はどうなるのですか？」

「それは簡単ですよ。社長が先ほどの損害金6千500万円を、全て現金で耳を揃えて私の事務所に持って来てくれれば、この段ボール箱の金《きん》を返還し、仮差押えを取り下げます。今日持っていく分も含めて、全ての金《きん》はお返ししますよ。それまではこちらで保管することになりますね」

「分かりました。いつまでに現金をお持ちすればいいですか？」

「早いほどいいのですが、いつ頃までに用意出来ますか？」

「それでは10日以内に。そちらの事務所までお持ちするということでいかがですか？」

「分かりました。用意が出来ましたら、事務所に事前に連絡してください。もし、10日以内に何の連絡もない場合には、代物弁済《だいぶつべんさい》としてこちらが金《きん》の所有権を取得し、換金して損害金に充当します。仮に換金の結果6千500万円を上回った場合は、余剰金を利益分に充当することになりますがよろしいですね」

「間違いなく持参しますので、それで結構です」

太陽は東金昇造との約束が、後で問題になることがないように、仕事上いつも持参しているコクヨの罫紙に、一筆書いてもらうことにした。

念書

損害金6千500万円を、本日より10日以内に安倍平蔵殿に現金で返済出来ない場合には、青空太陽弁護士保管中の金《きん》及び仮差し押さえ中の金《きん》の所有権は全て安倍平蔵殿の所有となり、どのように処分されても異議はありません。

昭和54年11月24日

弁護士 青空太陽殿

株式会社インペリアルゴールド

代表取締役　東金昇造

東金昇造は念書の記載を終わり太陽に渡すと、その足でタクシーを探すため小走りで大通りに消えて行った。

およそ10分を経過した頃、東金昇造はタクシーの助手席に乗ってマンション前に到着した。

太陽は2つの段ボール箱をタクシーのトランクに入れさせると、東金昇造をその場に残して永田町のＰ・ワイヤルを後にした。

第9章

自宅のある中野に到着した頃には、既に明け方になっていた。

太陽はタクシーの運転手に手伝ってもらい、2つの段ボール箱を自宅の1階の書斎に搬入した。

妻は2階で1歳の子供と就寝中であったため、約3千800万円の金塊をどこに保管するか迷った。

周りを見渡すと、子供に買ったワニのぬいぐるみの口にチャックがついているのが目に入った。

チャックを開けてみると、それなりの量が入る大きさであることが分かり、金塊の隠し場所としては申し分ないと思われた。

段ボールから純金製の布袋像や金《きん》の茶釜などを取り出し、ぬいぐるみのワニの口に、詰められるだけ詰め込んだ。

それでもかなりの量の金塊が、入りきらずに残ってしまった。

どうしたものかと思案しながら台所の洗い場の下の扉を開けると、掃除用のバケツがあり、雑巾がかぶさっていた。

この中に隠せば、まず見つからないだろうと思い、太陽は迷わず残った金塊をバケツに詰め込んだ。

太陽が何故自宅で、このように金塊の隠し場所に腐心したかは、過去にそれなりの苦い体験があったからだった。

それはこの事件の2年ほど前、昭和52年に起きた不可思議な出来事があったからだった。

いつ何処から不審者が家に侵入して来るか油断が出来ないことを、太陽は身を持って体験していたのである。

それは次のようなミステリーじみたものであった。

太陽が妻と共に新宿御苑前に法律事務所を開いて6年目のことである。まだ子供がいないことから仕事を終えた後、夜の遅い時間から麻雀好きの弁護士仲間と一緒に卓を囲むことがあり、太陽夫婦は午前2時頃、ようやく中野の家に帰り着いた。

シャワーで煙草のヤニの臭いを洗い流し、2階に上がって就寝した。

翌朝、一階の食卓で朝食をとっていると、「ドン、ドン」という大きな音が天井から聞こえた。

そしてその直後に、見たことのない30歳くらいの中肉中背のスーツ姿の男が2階から下りて来て、ちょっと驚いた様子ながら真顔でこう聞いてきたのである。

「ここは、旅館ではないのですか？」

驚いた太陽は男を2階に押し上げ、夫婦が普段寝ている和室と廊下をはさんだ向かい側の和室の部屋を覗いたところ、なんと枕と共に布団が一組敷いてあり、直前まで寝ていた形跡があった。

太陽は、とりあえず110番をした。

間もなく家から徒歩5分ほどの中野警察署から、中年の刑事が1人でやって来た。

一通りの説明を受けた刑事は、太陽夫婦に念を押すように尋ねた。

「本当に知っている人ではないのですね」

「赤の他人ですよ」

そう太陽は答えた。

「寝る前に、ちゃんと玄関の鍵を掛けましたか？」

「必ずかけていますが」

刑事に訊《き》かれた妻はそう答えた。

「そうですか。男は靴を履いて来たと思われますが、どれですか」

刑事は太陽に、玄関の何足かの靴を指して尋ねた。

「靴は全部私のものです」

太陽がそう答えると、刑事は男に向かって尋問した。

「あんたの靴はないようだけどどうした？　何処から入って来たんだ？」

「さぁ、私はなんでこの家にいるのか、何処から来て、何処から入ったのか全く覚えていません……」

男は狐につままれたような感じで答えた。

「君、靴下の裏を見せなさい」

刑事は男の靴下の裏を見たが、靴下のまま外を歩いた痕跡は全くなく綺麗であった。

「不思議なこともあるもんだなぁ……」

太陽夫婦も刑事も、首をひねるしかなかった。太陽は、

「天から降ってきたとしか考えられませんね。それにしても何処からどのように侵入したのですかね」

太陽も妻も、あの男がどのようにして自分たちの家に侵入し2階の和室の布団で寝ていたのか、未だに謎のままである。

このような不可思議な出来事があったので、太陽は、窃盗か強盗犯の侵入

者があった場合のことを考えて、隠し場所に神経質にならざるを得なかったのであった。

11キログラムもの金塊を太陽がP・ワイヤルから自宅に持ち帰り、保管してから4日がたった11月28日水曜日、東金昇造から連絡が入った。

現金が用意出来たらしい。

その日のうちに太陽は、裁判所に提出する必要な書類と印鑑を用意し事務員の島中真二郎と共に、金《きん》の仮差押え申請取り下げのため、東金昇造を同行して東京地方裁判所に向かった。

仮差押えした金《きん》が裁判所から一旦東金昇造の手元に戻ったところで、太陽はその場で東金から3千万円相当の金塊を預かり、東金に、

「それでは残りの金《きん》11キロも全部用意しておくので、明日11月29日木曜日午後2時に現金を持って事務所に来るように」

と伝えた上で、タクシーで事務所に持ち帰って保管した。

29日の朝、太陽は事務員の島中真二郎に中野の自宅まで来てもらい、保管

していた純金の彫刻や工芸品を再び2つの段ボール箱に分けて入れ、タクシーで新宿御苑前の事務所まで運搬した。

午後2時、東金昇造は社員を伴い、大きな手提げバッグを重そうに持参して事務所に現れた。

そしてバッグをソファのテーブルの上に置き、チャックを開けて帯のついた1千万円の束を無造作に6つと100万円の束5つを取り出し、机の上に並べた。

太陽は自宅から事務所に運搬した金《きん》を全てテーブルの上に並べて確認させ、東金昇造に交付していた金《きん》の預かり証の返還と引き換えに、損害金6千500万円の受領証を交付した。

その際、仮差し押さえのために法務局に供託した保証金600万円の払い戻しを行うために必要な同意書に、インペリアルゴールド代表取締役・東金昇造の署名捺印をさせ交付を受けた。

東金昇造は返還された金塊を同行の社員に手伝わせ、さっきまで現金の入っていたバッグと予備のバッグに詰め替えると帰って行った。

これで太陽の金塊を追った事件は一件落着となった。

太陽は平蔵を事務所に呼び、現金6千500万円を手渡し、その場で弁護士報酬500万円の支払いを受けた。

後日、供託金600万円も平蔵に無事返還された。

平蔵は金《きん》取引によって生じた利益は放棄した形になったが、投資した金額は全て回収が出来たことによって、実損は免れたのである。

そして金融機関からの借金は全て返済し、いつもの平穏な生活に戻れたことは言うまでもない。

この事件は安倍平蔵から受任してから、僅か18日間のスピード解決であった。

その後間もなくインペリアルゴールドは倒産した。

太陽は、東金昇造が詐欺罪で逮捕され、実刑判決を受けたことを知ることとなった。

自分を頼ってくれた安倍平蔵を除く、その他大勢のインペリアルゴールドによる詐欺商法の被害者たちが、損害金を回収出来たかどうか、太陽は知らない。

「権利の上に眠る者は、これを保護せず」という格言は生きていた。

あとがき

著者は東京都江東区深川の木場に生まれ育ったこともあり、両国にある日本大学一中・一高、及び神田にある日本大学法学部を卒業した、根っからの日大っ子である。

創立108年を迎えた日大一中・一高の前身は、大正2（1913）年、日本大学最初の付属校として法学部構内に創立された日本大学中学（旧制）で、一世紀以上の歴史を刻んでいる。

先輩には「姿三四郎」の小説で有名な直木賞作家・富田常雄氏、元京成電鉄・オリエンタルランド社長の川崎千春氏、元国務大臣・斎藤栄三郎氏、NHKの専務理事であった春日由三氏、NHKの名アナウンサーであった志村正順氏、コメディアン三木のり平氏、タレントの大橋巨泉氏、芥川賞作家「いつか汽笛を鳴らして」の畑山博氏、「あしたのジョー」の漫画家・ちばてつや氏、巨人キラーで知られた元広島東洋カープ投手・大羽進氏。

後輩には元大関・増位山太志郎氏、歌手・松崎しげる氏、など卒業生も多士済々である。

著者の妻（元東京弁護士会副会長）も日大の研究室で机を並べ司法試験に同時に合格した同期の現役弁護士である。

著者の兄（現江東区議会議員11期目）及び甥2人、妻の兄（弁護士・元衆議院議員・沖縄県副知事）及び甥3人（うち1人は元沖縄県弁護士会副会長）も全て日大法学部卒業生であり、著者を入れて9人の内4人が弁護士となっている。

これを見ても分かるように、夫婦の親族が日大によって育てられたと言っても過言ではないのである。

著者が現在弁護士として活動できるのも、日大一中・一高・日大の恩師、先輩・同輩・後輩の支えがあったからで、そうでなければ、弁護士としての今日の自分はなかったことだけは確かである。

そのような意味からも、日本大学に感謝の気持ちを込めて、この拙い小説を執筆した次第である。

最後に、この本の出版に当たっては文芸社の皆さまに貴重なアドバイスをいただいた。深く感謝の意を表したいと思う。

堀川 日出輝

著者プロフィール

堀川 日出輝（ほりかわ ひでてる）

東京都江東区深川木場にて昭和16年４月１日出生
日本大学第一高等学校昭和35年卒業
日本大学法学部法律学科昭和39年卒業
司法試験合格（23期）
東京弁護士会登録　弁護士歴49年

主な役職などの経歴

東京弁護士会副会長（人事・人権擁護・労務等担当）
東京弁護士会骨髄提供同意立会弁護士派遣運営協議会議長
日本骨髄移植推進財団評議員
東京弁護士会人事委員会委員長
東京都弁護士協同組合理事長
全国弁護士協同組合副理事長
東京都弁護士協同組合顧問（現）
日本大学法曹会副会長
日本大学本部法規委員会委員長（現）
東京弁護士会より「司法改革百万人署名」運動にて感謝状（平成12年）
全日本農民組合連合会より農民運動にて表彰状（昭和59年）

1979 金塊を追え！　～弁護士青空太陽の事件簿～

2020年11月15日　初版第１刷発行

著　者　堀川 日出輝
発行者　瓜谷 綱延
発行所　株式会社文芸社
〒160-0022　東京都新宿区新宿１－10－１
電話　03-5369-3060（代表）
03-5369-2299（販売）

印刷所　株式会社フクイン

ISBN978-4-286-22051-2